河出文庫
古典新訳コレクション

小林一茶

長谷川櫂

河出書房新社

新しい一茶

目次

山寺や雪の底なる鐘の声 17
時鳥我身ばかりに降雨か 18
しづかさや湖水の底の雲のみね 20
塔ばかり見へて東寺は夏木立 22
君が世や唐人も来て年ごもり 23
乞食も護摩酢酌むらん今日の春 25

天に雲雀人間海にあそぶ日ぞ　26
朧々ふめば水也まよひ道　28
寐ころんで蝶泊らせる外湯哉　30
小便の身ぶるひ笑へきり〴〵す　31
つく〴〵と鳴我を見る夕べ哉　33
義仲寺へいそぎ候はつしぐれ　34
天広く地ひろく秋もゆく秋ぞ　36
藪越や御書の声も秋来ぬと　37
かつしかや早乙女がちの渉し舟　39
足元へいつ来りしよ蝸牛　40
父ありて明ぼの見たし青田原　42
夕桜家ある人はとくかへる　43
我星はどこに旅寝や天の川　45

よりかゝる度に冷つく柱哉　46
我星は上総の空をうろつくか　48
木がらしや地びたに暮るゝ辻諷ひ　50
梅がゝやどなたが来ても欠茶碗　51
初雪や古郷見ゆる壁の穴　53
木つゝきの死ねとて敲く柱哉　54
葎におつつぶされし庇哉　56
一藪は別の夕霧かゝる也　58
埋火に桂の鷗聞へけり　59
梅干と皺くらべせんはつ時雨　61
もろ〳〵の愚者も月見る十夜哉　62
寝ならぶやしなのゝ山も夜の雪　64
心からしなのゝ雪に降られけり　66

白魚のどつと生る丶おぼろ哉　67
名月の御覧の通り屑家哉　69
雪とけてくり〳〵したる月よ哉　71
行く年や空の青さに守谷まで　72
我が春も上々吉ぞ梅の花　74
初空へさし出す獅子のあたま哉　76
春風や牛に引かれて善光寺　77
月花や四十九年のむだ歩き　78
夕暮や蚊が鳴出してうつくしき　80
がり〳〵と竹かぢりけりきり〴〵す　82
なの花のとつぱづれ也ふじの山　83
まゆひとつ仏のひざに作る也　85
青空のやうな帷きたりけり　87

有明や浅間の霧が膳をはふ　88
月も月抑〳〵大の月よ哉　90
けふからは日本の雁ぞ楽に寝よ　91
蟀が髭をかつぎて鳴にけり　93
きり〳〵しやんとしてさく桔梗哉　95
是がまあつひの栖か雪五尺　96
ゆうぜんとして山を見る蛙哉　98
春風や鼠のなめる角田川　100
大の字に寝て涼しさよ淋しさよ　101
下々も下々下々の下国の涼しさよ　103
人来たら蛙となれよ冷し瓜　104
汗の玉草葉におかばどの位　106
うつくしやせうじの穴の天の川　108

死こぢれ〳〵つゝ寒かな　109
あつさりと春は来にけり浅黄空　111
大根引大根で道を教へけり　112
雪ちるやきのふは見えぬ借家札　114
陽炎や猫にもたかる歩行神　115
おらが世やそこらの草も餅になる　117
涼風の曲りくねつて来たりけり　118
膝がしら木曾の夜寒に古びけり　120
たのもしやてんつるてんの初袷　122
手盥に魚遊ばせて更衣　123
湯上りの尻にべつたりせうぶ哉　125
形代に虱おぶせて流しけり　126
ふしぎ也生た家でけふの月　128

おとろへや花を折にも口曲る —— 130
かつしかや川むかふから御慶いふ —— 131
どんど焼どんどゝ雪の降りにけり —— 133
猫の子や秤にかゝりつゝ戯れる —— 134
手にとれば歩たく成る扇哉 —— 136
目出度さもちう位也おらが春 —— 137
衣替て居て見てもひとりかな —— 139
蟻の道雲の峰よりつゞきけん —— 140
大螢ゆらり〳〵と通りけり —— 142
米国の上々吉の暑さかな —— 144
露の世は露の世ながらさりながら —— 145
ともかくもあなた任せのとしの暮 —— 147
象潟や桜をたべてなく蛙 —— 149

あさら井や小魚と遊ぶ心太　150
冷汁やさつと打込電り　152
名月や山の奥には山の月　154
猫の子のちよいと押へる木の葉かな　155
づぶ濡の大名を見る炬燵哉　157
行々子大河はしんと流れけり　158
春立や愚の上に又愚にかへる　160
鶏の坐敷を歩く日永哉　162
もと〱の一人前ぞ雑煮膳　163
おんひら〱蝶も金ぴら参哉　165
じつとして馬に齞る丶蛙哉　167
けし提てけん嘩の中を通りけり　168
淋しさに飯をくふ也秋の風　170

花の陰寝まじ未来が恐しき 172
やけ土のほかり〳〵や蚤さはぐ 173
更衣松風聞に出たりけり 175

全集版あとがき 177
文庫版あとがき 182
解説　大谷弘至 186
小林一茶年譜 196
日本文化と俳句の歴史 201

小林一茶

新しい一茶

山寺や雪の底なる鐘の声

『霞(かすみ)の碑』一七九〇年（寛政二）

一茶は野蛮人である。

芭蕉（一六四四－九四）は古典学者に匹敵するほど古典文学に精通していたし、蕪村（一七一六－八三）もまた古典文学にくわしかった。彼らの俳句の世界は日本や中国の古典によって育まれ、古典と一体だった。

雪深い北信濃の山村、柏原(かしわばら)の農家に生まれ、十五歳で江戸に奉公に出た一茶（一七六三－一八二七）は、中年まで古典とは縁遠い暮らしだった。三十代末になってようやく古典、といっても初歩的な『百人一首』や中国の古典『詩経(しきょう)』『易経(えききょう)』を懸命に学びはじめたくらいである。古典文学の知識において芭蕉はもちろん蕪村とも雲泥の差があったといわなければならない。

当然のこととして一茶の俳句は古典とは無縁のものだった。一茶は文学における野蛮人だった。では一茶の俳句を培ったのは何か。それは江戸時代後半の社会を悪戦苦闘しながら生きた一人の人間の生活感覚である。これこそ一茶が芭蕉や蕪村とちがうところであり、一茶の俳句を読む場合、忘れてはならない視点だろう。

「山寺や」は一茶二十八歳、江戸で十四年に及んだ修業時代末期の句である。故郷柏原は雪に埋もれ、雪の底から山寺の鐘の音(ね)が響いているだろうと懐かしんでいる。人は闇から生まれ、闇に去ってゆく。この句は一茶の生い立ちの記憶をとどめるとともに、その人の人生の夜明けの薄明を宿している。〈雪＝冬〉

時鳥(ほととぎす)我(わが)身ばかりに降(ふる)雨か

『寛政三年紀行』一七九一年(寛政三)

一茶は二十九歳の初夏、十四年ぶりに北信濃の柏原に帰った。『寛政三年紀行』はその旅の紀行である。この句は「いせ崎の渡りをこす。日は薄々暮て、雨はしと〱降る」とある。今の群馬県伊勢崎市の利根川を渡ったときの句である。

一茶は江戸時代後半、一七六三年（宝暦十三）五月五日に生まれ、一八二七年（文政十）十一月十九日、六十五歳で世を去った。世界に目を向ければ、アメリカ独立戦争（一七七五－八三）、次いでフランス革命（一七八九－九九）が起こった時代である。鎖国体制を敷いた日本にも、やがて欧米の船が貿易を求めて来航することになるだろう。そして一茶の死の四十一年後に時代は明治に変わる。

ここで一茶の一生を俯瞰（ふかん）しておこう。

柏原での少年時代	一七六三－七七年	一－一五歳
江戸での修業時代	七七－九二年	一五－三〇歳
西国行脚（さいごくあんぎゃ）の時代	九二－九八年	三〇－三六歳
江戸での浮き草時代	九八－一八一二年	三六－五〇歳
柏原帰住の時代	一八一二－二七年	五〇－六五歳

この句が詠まれたのは江戸での修業時代末期である。十四年ぶりの帰郷なのに「我身ばかりに降雨か」と愚痴をこぼしているところをみると、それほどうれしくはなさそうである。郷里では父とともに継母（ままはは）と腹違いの弟が一茶を待ちうけていた。〈時鳥＝夏〉

しづかさや湖水の底の雲のみね

『寛政句帖』一七九二年（寛政四）

十四年ぶりの帰郷をした翌年の春、三十歳の一茶は江戸を発って西国へ向かった。生まれて初めて京の都を訪ね、はるか九州の熊本八代（やつしろ）、長崎まで足をのばし、江戸に帰ったのは三十六歳の秋。足かけ七年に及ぶ大旅行だった。

なぜこのとき一茶は西国行脚を企てたか。結局は前年の帰郷の憂さ晴らしではなかったか。はじめはすぐ帰るつもりだったのに居心地がよくてつい方々に長居してしまった印象がある。

この動機にしても計画性の無さをみても芭蕉の『おくのほそ道』とはまったく異質の旅である。『おくのほそ道』は「松島の月先心にかゝりて」とあるとおり文学的な動機による計画的な旅だった。その点で一茶の旅は現代の旅行に近い。芭蕉の時代は遠く去り、すでに近代がはじまっていたことが旅のあり方をみてもわかる。

「しづかさや」は旅の途上、琵琶湖での句である。すぐ芭蕉の『おくのほそ道』立石寺での、

閑さや岩にしみ入蟬の声

この句を思い出すが、芭蕉の句が蟬の声という音で気づく宇宙の「閑さ」であるのに、一茶の句は雲の峰という映像が呼び起こす視覚の「しづかさ」である。芭蕉の句は奥深い（幽玄な！）感じがするのに、一茶の句はどこまでも平明である。視覚的であり平明であることは一茶の句の大きな特色である。〈雲の峰＝夏〉

塔(たふ)ばかり見へ(え)て東寺(とうじ)は夏木立
『寛政句帖』一七九二年（寛政四）

一茶の句と視覚についての話をつづけよう。

閑(しづか)さや岩にしみ入蟬の声　芭蕉
しづかさや湖水の底の雲のみね　一茶『寛政句帖』

芭蕉の句は岩にしみ入るほど蟬が鳴いているのになぜ「閑(しづか)」なのか。このちぐはぐが読者をこの句の世界へ導く誘い水になる。そして読者はこの「閑さ」は蟬の鳴いている現実の世界とは次元の異なる心の「閑さ」であり、宇宙の「閑さ」であることに気がつく。こうしたダイナミックな仕かけがある。

一方、一茶の句の「しづかさ」は湖水の底にしんと静まる雲の峰（入道雲）の「しづかさ」であり、湖水の「しづかさ」である。

芭蕉の句は「閑さや」と「岩にしみ入蟬の声」の間に断崖が潜んでいるが、一茶の句の「しづかさや」と「湖水の底の雲のみね」は視覚的になだらかにつづいている。「塔ばかり」の句も同様。ここにあるのは京の東寺の、夏木立にそびえる黒々とした塔の的確な描写である。これを芭蕉の、

木啄も庵はやぶらず夏木立
先たのむ椎の木も有夏木立

などと比べると、ちがいは明らかだろう。芭蕉は見えるものの先に広がる世界を見ている。見えているものは入り口にすぎない。一茶は見えるものを見ている。その先はない。〈夏木立＝夏〉

君が世や唐人も来て年ごもり

『寛政句帖』一七九三年（寛政五）

　一茶はこの年の正月を熊本の八代で迎え、長崎で年を越した。江戸幕府の鎖国政策によって、当時の長崎は外国（オランダ、中国、朝鮮）に向かって開かれた唯一の小さな窓だった。

「君が世」とは王朝の昔は一家の主の長寿をことほぐ言葉であり、明治以降は天皇の治世をたたえる言葉になったが、一茶のこの句の「君が世」は徳川家によって二百年近くも保たれてきた太平の御世をさしているようだ。ここ長崎には清国の人（唐人）も身を寄せていて大晦日の夜を安らかに家（唐人屋敷）に籠っている。なんと平和な時代だろうか。

　おりしもこの年は芭蕉の百回忌にあたっていた。芭蕉は一六九四年（元禄七）初冬、大坂で急死した。その後、五十回忌（一七四三）から十年の回忌ごとに蕉風復興運動が湧き起こった。ことに百回忌のこの年は大衆的な気運にまで高まっていた。

　蕉風復興運動とは当時の俳壇の技巧、低俗、堕落を批判し、偉大なる俳諧師、芭蕉本来の句風（蕉風）への回帰をめざす運動である。ただ芭蕉の何を蕉風とするか曖昧のままの運動であり、俳句の大衆化とともにいよいよ芭蕉が神格化されてゆく結果を招いた。

　このとき、一茶は蕉風復興運動のただなかを旅していたことになる。それは芭蕉が

夢に見ながら死によって果たせなかった西国の果て長崎への旅を果たす旅でもあった。〈年籠り＝冬〉

乞食も護摩酢酌むらん今日の春

『西国紀行』一七九五年（寛政七）

西国行脚の途上、四国讃岐の専念寺（香川県観音寺市）での新春詠である。「元日、遍路人を懐ふ」という題のあと本文がある。

「誰人か菰着ています花の春」と芭蕉が詠んだのは京の都の近くで新春を迎えたときのことだとか。私も今年は讃岐で新春を迎えていますが、この讃岐の国は口にするのも畏れ多い弘法大師空海の生誕地であり、その教えを慕って野宿の遍路があちこちで新春を迎えていることを思いやって、（以下、現代語訳はすべて筆者による）

まず芭蕉の句（正確には「薦を着て誰人います花のはる」）を引く。乞食（薦被り）の中にどんな有徳の隠者が潜んでいるのだろうかというのだ。乞食のなかにこそ立派な世捨て人がいるものだという西行の言葉（『撰集抄』）を踏まえている。西行の言葉の力によって、ただの乞食に隠者の面影が漂っている。

一茶は芭蕉のこの句にあやかって遍路を詠んでいるのだが、一茶の乞食はどう詠もうとただの乞食である。どういうことかといえば、芭蕉が薦被り（乞食）を詠めば、そこには乞食に身をやつした有徳の人の面影が浮かぶが、一茶が乞食を詠めば、あくまで本物の乞食である。これが一茶なのだ。

乞食たちもきょうは屠蘇代わりに胡麻酢を酌んで正月を祝っているだろう。胡麻酢（護摩酢）とは胡麻をすり混ぜた酢。何たるブラックユーモアか！〈今日の春＝新年〉

天に雲雀人間海にあそぶ日ぞ

『西国紀行』一七九五年（寛政七）

前の句同様、讃岐での句である。「浦輪を逍遥して」と前書があるが、浦輪（海岸）とは観音寺浦（香川県観音寺市の海岸）である。天では雲雀がさえずり、人間たちは海で遊んでいる。磯遊びや潮干狩りをしているのだろう。何とのどかな春の一日だろうか。

一茶の句にはときおり、この手の大きな句がまじる。

天広く地ひろく秋もゆく秋ぞ　『たびしうゐ』
白魚のどつと生るゝおぼろ哉　『文化句帖』
手にとれば歩たく成る扇哉　『七番日記』

これらの大柄の句は一茶が芭蕉の跡を継ぐ大俳人である何よりの証しだろう。これまで一茶といえば「子ども向け」「ひねくれ者」などという芳しくない評判がつけられて、芭蕉や蕪村より一格も二格も格下の俳人と思われてきたのだが、今後、一茶の評価の見直しが進むとき、その軸となる句だろう。

「天に雲雀」の句を大きくしているのは、まず天と海を豁然と分けたことのほか、「人間」という言葉である。近代にできた言葉のようにみえるが、古い仏教の言葉で人間界の意味だった。それがやがて人間界に住む人間、人類を意味するようになる。謡曲「羽衣」には「いや疑ひは人間にあり」という天人の台詞がある。

いずれにしても「人間」という言葉を使った江戸時代の俳句はまれ。現代俳句と並べても斬新な一句である。〈雲雀＝春〉

朧々ふめば水也まよひ道

『西国紀行』一七九五年（寛政七）

讃岐での句。その前に次の文がある。

（一月）十三日、樋口村（愛媛県越智郡波方村の内）というところを過ぎて七里も歩いたろうか。風早難波村（香川県北条市上難波）にある西明寺の住職、茶来

（一七八一年、天明元年没）を訪ねたが、もう十五年も昔に亡くなったとか。宿を頼んでみたものの泊めてくれない。前途なお三百里。茶来を頼みにここまで来たのに、ほかに頼る人もなく、野原や人の庭をたどって、

頼みの人が十五年も前に死んでいた。芭蕉の『おくのほそ道』金沢のくだりにも、会うのを楽しみにしていた一笑が前年、亡くなっていたという話があるが、一茶の時代、まだこういうことがあったのだ。しかも十五年も前とは。

一笑の死を知った芭蕉は慟哭（どうこく）の一句を詠む。

　塚もうごけ我（わが）泣（なく）声（こゑ）は秋の風

これに対して一茶の関心はどこまでも自分である。茶来への追悼の思いよりも今夜の宿をどうしたらいいかが差し迫った問題なのだ。こういうところに一茶の人となりが出ている。

日も暮れ、東の空には早くも初春の十三夜の月がかかっている。朧（おぼろ）に煙る野原を迷ってゆくと、水たまりにはまってしまった。「朧々」は野道の描写だが、人の命のは

かなさよという響きもある。そのせいで自分は要らぬ苦労をしている。〈朧＝春〉

寐ころんで蝶（てふ）泊（とま）らせる外湯（そとゆ）哉（かな）

『西国紀行』一七九五年（寛政七）

一茶の関心事は何よりも自分自身だった。つまり自分中心である。裏返していえば全体というものに少しも関心がない。全体の中の自分ということを考えることがない。この一茶には芭蕉の『おくのほそ道』の冒頭の文章は決して書けないし、書こうとも思わないだろう。

> 月日は百代（はくたい）の過客（くわかく）にして、行（ゆき）かふ年も又旅人也（なり）。舟の上に生涯をうかべ、馬（むま）の口とらへて老（おい）をむかふるものは、日々旅にして旅を栖（すみか）とす。古人（こじん）も多く旅に死せるあり。予も、いづれの年よりか、片雲（へんうん）の風にさそはれて、漂泊（へうはく）のおもひやまず、海浜にさすらへて

　ここで芭蕉は太陽や月の行き交う宇宙からその中の自分へと筆を進めている。ところが一茶の心を占めていたのは、あすはどうなるか、いや、きょうはどうするかだけだった。生い立ちのゆえかもしれないし、生来の気質かもしれない。山国の厳しい環境が生みだした本能かもしれない。それが一茶の世界を広げているか、狭めているかはともかく、そのため一茶は芭蕉とは異なる世界を切り開くことができた。

「寝ころんで」は道後温泉（愛媛県松山市）での句である。露天風呂に長々と横になっていると、蝶（ちょう）が遊びにくる。のどかな句ではあるが、ここでも一茶の関心事は自分にある。〈蝶＝春〉

小便の身ぶるひ笑へきりぐす

『西国紀行』書き込み（寛政年間中）

立ち小便の句である。光源氏が立ち小便をしたかどうかはわからないが、日々旅にして旅を栖とした杜甫も西行も芭蕉もしたはずである。ただ彼らは立ち小便を七言律詩や和歌や俳諧にしなかった。それにひきかえ、一茶は遠慮がない。これみよがしの立ち小便、いや立ち小便の句である。

説明は不要と思うが念のためにいうならば、「身ぶるひ」とは小便を切るために身を揺すること。草むらのキリギリス（コオロギのこと）に笑ってくれといっているが、その恰好が自分でもおかしいのだ。キリギリスの身になってみれば、笑うどころか、ひっかけられはしないか、いい迷惑だろう。

たしかにこれ見よがしだけでは文学にはならないが、この句が文学として成り立っているのは一抹の哀しみをまとっているからである。自分で自分を笑う、いわゆる自嘲の句だが、みずからを笑うことは必然的に哀愁を伴う。そもそも立ち小便をする男の姿ほど哀愁の漂うものはない。それをみずから笑うことによって人間という存在の哀愁を焙りだしているともいえるだろう。

『西国紀行』は一茶の西国行脚（一七九二－九八年）のうち一七九五年（寛政七）正月から五月まで、四国から岡山を経て大坂、堺にいたる紀行である。一茶の自筆本であり、その余白に俳句やメモが書き込んである。その一句。〈きりぎりす＝秋〉

つくぐと鴫我を見る夕べ哉

『西国紀行』書き込み（寛政年間中）

鴫は長い脚と嘴をもつ水辺の鳥。秋に日本列島に渡ってくる旅の鳥である。大小いるが、ここは大型の鴫だろう。古来、鴫は秋の田園の風物として和歌に詠まれてきた。有名なのは西行法師の歌、

心なき身にもあはれは知られけり鴫立つ沢の秋の夕暮

『新古今和歌集』の歌。秋の夕闇につつまれて一羽の鴫がぽつねんと水辺にたたずんでいる。この景色を眺めていると、風流とは無縁の私（心なき身）にも秋の夕暮れはいいものだなあと思える。

この歌では西行が鴫を見ている。鴫は西行に見られている。視線は西行から鴫へ一方向に走っていて、一首の焦点は明らかに鴫に当てられている。

一茶はこの視線の流れを逆転させる。つくづくと見ているのは鴫のほうであり、見られているのが一茶である。当然、焦点が当たっているのは鴫ではなく一茶なのだ。西行法師は鴫を見て秋の夕暮れのあわれをしみじみと感じたが、鴫のほうこそ、宿なし同然の我を見て秋の夕暮れをあわれと思っているのではないか。自分を中心にした一茶の世界がくっきりと現われた一句だろう。

一茶にしては珍しく古典を下敷きにした一首。ただそうはいっても誰でも知る初級の古典である。これも『西国紀行』の余白の書き込みであるから、いつどこで詠んだか不明。〈鴫＝秋〉

義仲寺へいそぎ候はつしぐれ

『しぐれ会』一七九五年（寛政七）

この年の夏、一茶は四国からいったん京坂に戻り、初冬十月十二日には芭蕉の墓所、義仲寺（滋賀県大津市）で開かれた芭蕉忌に馳せ参じた。そのときの句。義仲寺が毎年、出版していた句集『しぐれ会』に記録されている。芭蕉は俳諧選集『猿蓑（さるみの）』で初冬の時雨（しぐれ）の美を前面に打ち出した。それまでは美しい季節は誰もが春と秋と思いこみ、夏と冬は劣ると考えてきた。それを芭蕉は冬、しかも時雨という雨を春の花、秋の月にもまさるものとして押し出した。

それは美意識の大逆転であり、俳諧的な（つまり批評的な！）仕事だった。そして奇（く）しくも芭蕉は時雨の季節にこの世を去った。これだけ知っていれば句意は瞭然。

近世以来の俳句の歴史を語るとき、これまでは〈芭蕉―蕪村―一茶―子規〉という系譜に沿って話を進めてきた。しかし古典文学からどのように離れるか、いわば「古典離れ」を進めていた芭蕉晩年の志を考えれば、この系譜はたちまち揺らぐ。蕪村は芭蕉同様、古典の精通者であり、「古典離れ」を逆流させても前進させる人ではなかった。芭蕉の麗しくささやかな傍流と考えていい人である。

それに比べて一茶は「古典離れ」などしなくても、生まれたときから古典とは無縁の人だった。今後、語られるべきは〈芭蕉―一茶―子規〉という系譜である。〈時雨＝冬〉

天広く地ひろく秋もゆく秋ぞ

『たびしうゐ』一七九五年（寛政七）

西国行脚最中のこの年、京の板元から出版した『たびしうゐ』（旅拾遺）は一茶最初の俳諧選集である。「天広く」の句はその巻頭に収める歌仙（三十六句の連句）の発句。表六句をみると、

天広く地ひろく秋もゆく秋ぞ　一茶房亜堂
　人おのづから胸の有明　孚舟（ふしう）
北あらし百日うたふ臼（うす）すへ（ゑ）て　升六（しようろく）
　追へばばら〳〵家雞（とり）の二番子　仙所
下毛（しもつけ）の花まだ残る暮がてに　井眉（せいび）
　無事をとゞくる又伝手（またづて）の状　蘭戸（らんこ）

一茶の発句は堂々たる句である。空は青々と晴れわたり、大地も広々と果てしない。

この広大な天地の間を今年の秋も逝こうとしている。この晩秋の大空間に寂寥の思いがおのずからにじむ。ここにはひねくれ者の一茶も乞食同然の一茶もいない。この発句の迫力を受けて、孚舟以下、連衆の付け句も晴れ晴れとして滞りがない。

小うるさい人であれば、「秋もゆく秋ぞ」の秋のダブリを何とかしようと四苦八苦して結局、句をだめにしてしまうのが落ちだろう。そんなことに一茶は頓着しない。秋のダブリ、無頓着こそ句を大きくすることを知っているからである。歪んでいたり、少し欠けたりして、かえって大いなる宇宙を宿す茶碗のように。きれいに整えれば整えるほど、句は小さくなっていく。〈逝く秋＝秋〉

藪越や御書の声も秋来ぬと

『樗堂俳諧集』一七九六年（寛政八）

樗堂（一七四九―一八一四）は一茶と同時代の伊予（愛媛県）松山の俳人。名古屋の暁台に俳句を学んだ。一茶は前年とこの年の秋、樗堂を訪れた。その二度目の訪問のおりの句である。

「御文」とは浄土真宗の蓮如が各地の門徒たちに親鸞の教えをわかりやすく説いた手紙。御文章ともいう。のちに編集されて浄土真宗の聖典のひとつになった。

「藪越や」の句、朝、竹藪の向こうから「御文」を唱える声が聞こえてくるのだろう。その響きがいかにも秋めいているともとれるが、秋を告げるともとれる文言が交っていたのかもしれない。たとえば「白骨の御文」は人の世のはかなさを嘆き、阿弥陀如来に帰依すべきことを切々と訴える。そのなかに次の一節がある。

　我や先、人や先　今日とも知らず　明日とも知らず　遅れ先立つ人はもとの雫
　末の露よりも繁しといへり　されば朝には紅顔ありて夕には白骨となれる身なり

ここで雫や露にたとえて語られているのは人間の肉体のはかなさであり、「白骨の御文」全体に白露の散り乱れる秋の野辺の冷ややかな大気が満ち満ちている。

ある朝、一茶が樗堂の客間で目覚めると、仏間からこのような御文の文言が冷え冷えと響いてきたのではなかったか。ちなみに樗堂も一茶も浄土真宗の門徒である。

〈秋来ぬ＝秋〉

かつしかや早乙女がちの渉し舟

『題葉集』一八〇〇年（寛政十二）

伊与松山の樗堂の話をつづけたい。樗堂は晩年、瀬戸内海の対岸、安芸の御手洗島（広島県呉市の大崎下島）に草庵を結んだ。

つや〳〵と梅ちる夜の瓦かな　樗堂
さむしろや飯喰ふ上の天の川
あら海やものに離れて秋の風

「あら海や」は御手洗島隠棲中の句である。これらの句を読むと、どことなく一茶の句風に通うものがある。二人は気が合った。一茶が西国行脚中、二度も樗堂を訪ねたのはその証しだろう。

一茶は一七九八年（寛政十）、六年半の西国行脚にけりをつけて江戸に帰った。以後、江戸での十五年間の浮き草暮らしがはじまる。齢でいえば三十六歳から五十歳まで。とうに妻もあり子もあり家もあるはずの年齢だが、一茶にはどれもなかった。しかし江戸での生活はやがて一茶に豊饒の時代をもたらすことになる。

一茶は本所、柳橋、八丁堀、上野など江戸の下町を転々とし、食うに困ると、下総や上総（千葉県）の友人の家を泊まり歩いた。

葛飾は江戸の東郊、下総との境に広がる水郷地帯である。荒川や江戸川を大動脈として運河や水路が縦横に流れていた。一茶は下総、上総への行き帰りにここを幾度となく通った。「かつしかや」の句はそのおりの風景だろう。田植えの季節。渡し舟にも早乙女らが乗りこんでいる。のびやかな句である。〈早乙女＝夏〉

足元へいつ来りしよ蝸牛

『父の終焉日記』一八〇一年（享和元）

江戸に帰って三年後の春、一茶は帰郷して父と再会した。西国行脚の帰りに立ち寄ってから三年ぶりになる。ところが一茶の柏原滞在中、父は悪性のチフスで倒れ、ひと月後、虚しくなってしまう。この間の手記が『父の終焉日記』である。

一茶の父、小林弥五兵衛は農民だった。小作ではなく自作農、当時の言葉でいえば本百姓である。弥五兵衛は働きぶりを見こまれて柏原の有力者の娘を嫁に迎えた。一茶の母である。この母は一茶が三歳のとき、他界してしまう。その後、祖母に育てられるが、八歳のとき、父が後妻を迎えた。一茶には継母である。やがて弟が生まれ、そのときから一茶の不幸がはじまった。

父と息子と継母と腹違いの弟。各人が細心の気づかいをしなくては、決してうまくゆかない家庭の構図である。そして細心の気づかいなど日々の暮らしの中ですぐ忘れられる。一茶は継母と弟ともめた。家の中では父だけが親しい人だったろう。

少しだけ時間を戻そう。「足元へ」の句は父の看病中の句である。庭にたたずむ一茶。ふと足もとを見れば蝸牛が草を這っている。いつの間にか足もとにいる蝸牛に、久々に帰郷した一茶自身の姿がおのずから重なる。「いつの間に足もとに来たのだ」という蝸牛への問いかけは、「今までおまえはどこで何をしていたのだ」という一茶自身への問いかけにほかならない。〈蝸牛＝夏〉

父ありて明(あけ)ぼの見たし青田原

『父の終焉日記』一八〇一年（享和元）

蝸牛の話をつづける。蝸牛とはかぎらず、一茶といえばすぐ思い浮かぶ小さな生き物たちの句がある。

瘦蛙(やせがへる)まけるな一茶是(これ)に有(あり)　『七番日記』

我と来て遊べや親のない雀(すずめ)　『おらが春』

雀の子そこのけ〳〵御馬が通る　『八番日記』

芭蕉の古池の句も蛙を詠んでいるが、そこに描かれているのは宇宙のように茫漠(ぼうばく)とした古池である。一方、一茶は蛙や雀に自分を投影する。この違いはどこからくるのか。一茶は徹底して自分中心である。いいかえれば芭蕉の宇宙のような、自分が生きる世界の全体像がない。果てしない時空の中で虫けらのように生きている。小動物への共感はここから生まれる。

ただこのような句は、一茶がまるで子ども向けの俳人であるかのような印象をこれまで与えつづけてきた。たしかに一茶の句ではあるが、代表句とするには丈が足りない。ほかにいい句がいくつもある。「足元へ」や「父ありて」の句のように。

「父ありて」の句は父の初七日の句である。明け白む夜の闇から青田原が浮かんでくる。父の田圃（たんぼ）の稲は死後、青々と成長した。父は一茶にとって心の通うただ一人の家族だった。その父と夜明けの青田を眺めたかった。この鮮やかな景色の描写と心理の表現。ここにはすでに近代が躍動している。〈青田原＝夏〉

夕桜家ある人はとくかへる

『享和句帖』一八〇三年（享和三）

一八〇一年（享和元）秋、父を亡くして江戸に戻ると、ふたたび浮き草暮らしがはじまった。すでに三十九歳。すでに一家の主となっている年齢にもかかわらず、まだ妻も子も家もなかった。

一茶の句にはしばしば屈折した心理が表われる。

古郷やよるも障も茨の花　『七番日記』

撫子やま丶は丶木々の日陰花　『おらが春』

我と来て遊べや親のない雀

というより、この屈折感は一茶のすべての句に下味のようにしみこんでいる感じさえする。それは一茶の不運な生い立ちと、その後の暮らしぶりによるものにちがいない。

「夕桜」の句もそうである。昼間はあれほど花見客でにぎわっていたのに、日が落ちかかると家のある人々は早々と帰り支度をはじめている。あるいはすっかり引きあげてしまったというのだろう。家のない一茶だけが迎えてくれる家族もなく、いつまでも夕闇の桜の中にとり残されている。

「家ある人」というごく当たり前の表現が一茶の句の中におかれると、たちまちある心理的な色合いを濃厚に帯びることになる。それを一茶の「ひがみ」といってもいい。この「ひがみ」がのちのち一茶の句に不思議な味わいをもたらすことになる。それには発酵熟成の長い歳月をまたねばならない。〈夕桜＝春〉

我星はどこに旅寝や天の川

『享和句帖』一八〇三年（享和三）

太古の昔から孤独な人類を慰めてきたのは夜の星空である。星座も星の運行もこの世の写し、あるいはその逆、この世は星空の写しであると考えられた。

七夕伝説もそのひとつである。本家の中国では織女（しょくじょ）が天の川を渡って牽牛（けんぎゅう）に逢（あ）うが、日本では彦星が天の川を渡って織姫に逢うというふうに変わった。いずれにしても七夕の夜、愛しあうふたつの星は一夜をともにする。

それにひきかえ、私の星は今宵、独りどこで旅寝するのだろう。地上の一茶には愛する妻もいない。知り合いの家を転々と泊まり歩いているばかり。その写しである天上の一茶の星に今宵、迎え入れてくれる織姫があろうはずもない。

次の句も同じ趣向の句である。

我星は上総の空をうろつくか　『文化句帖』

この「上総の空を」の句は「うろつくか」などといい、殺伐としている。それに比べれば、「どこに旅寝や」の句は「旅寝」という雅な言葉を使って優美さが漂う。どちらの句も「我星は」ではじまる。一茶の句にはこの「我」という言葉が何と多いことか。全句集の索引を引けば、「我」ではじまる句が延々と並ぶ。一茶が自分中心であることの証しのひとつだろう。一茶はつねに自分を意識している。〈天の川＝秋〉

よりかゝる度に冷つく柱哉

『享和句帖』一八〇三年（享和三）

路通（一六四九－一七三八）は神職の家の出というが、若くして乞食坊主になった。芭蕉の弟子になって、しばしば旅のお供をした。ところが、あるとき芭蕉の怒りを買って遠ざかる。同門の人々にも嫌われた。どうも人とすぐぶつかるところのあった人のようだ。

肌のよき石にねむらん花の山

桜の花ざかりの山奥の温かな石の上で昼寝でもしよう。たかが石を「肌のよき」と女人のようにたたえている。この句など、乞食の境遇を満喫している句である。その路通に次の句がある。

いね〳〵と人にいはれつ年の暮

「いね〳〵」は「去ね〳〵」。年の瀬だというのに、どの家の前に立っても「あっちへいけ」と追っぱらわれる。こちらは乞食の身のあわれさを句にしている。

「よりかゝる」の句はこれに似ている。どの柱に寄りかかってみても、そのたびにひやりとする。これが一茶でなければ、滑らかに磨かれた柱の秋の冷やかさを詠んだ句である。しかし一茶の句となると「冷つく」が人の冷やかさに変わる。

一茶は路通のような乞食ではなかったが、知り合いの家を渡り歩いた。顔はにこやかに迎えてくれるが、心の中に一片の冷淡が潜んでいることもあっただろう。路通は直球であるが、一茶のほうはきわめて繊細な詠みぶり。〈冷やか＝秋〉

我(わが)星は上総(かづさ)の空をうろつくか

『文化句帖』一八〇四年（文化元）

一茶は芭蕉を受け継ぐ俳人である。その系譜は〈芭蕉―一茶―子規〉となる。しかし、芭蕉と一茶の間は百年。芭蕉から直接、一茶が誕生したのではない。

芭蕉晩年の弟子、支考(しこう)（一六六五―一七三一）は芭蕉の古典離れの志を受け継いだ。芭蕉の死後、古典を知らなくてもわかる平易な俳句を全国に広めた。これが当時最大の流派、美濃派である。

その美濃派の分派、葛飾派で一茶は育った。葛飾派とは文字どおり武蔵と下総の境、葛飾を本拠とする流派である。先ほどの系譜は、この支考を加えれば〈芭蕉―支考―一茶―子規〉となるだろう。

「我星は」は七夕の句である。現在の千葉県は房総半島の南端から安房、上総、下総の三国から成る。この夜、一茶は上総の富津(千葉県富津市)にいた。八時ごろ(戌の刻)雨が降り、たちまち晴れて星空が現われた。

織姫も彦星も富津の人々も天上の二星が無事逢えるのを喜んでいる。それなのに一茶の心は沈んでいる。七夕の空を仰ぐにつけても浮き草のわが身が思われるのだ。「さすらふか」でもなく「さまよふか」でもなく「うろつくか」。一茶は自分が今も野良犬同然であることが情けなくてならない。その自分を追うように導くように、一茶の星も上総の上空をうろついているのだろうか。優しく迎えてくれる織姫もなしに。

〈星合＝秋〉

木がらしや地びたに暮る丶辻諷(うた)ひ

『文化句帖』一八〇四年(文化元)

一茶の俳句は誰にでもわかる。最大の理由は一茶が古典文学とは無縁の人だったからである。

芭蕉は江戸時代前期の古典復興の時代に生まれ、古典文学の薫陶を受けて育った。芭蕉は日本や中国の古典文学を踏まえて俳句を詠んだので古典を知らない人にはわからない深遠なものだった。

古池や蛙(かはづ)飛(とび)こむ水のおと

この古池の句にしても、蛙は必ず鳴き声を詠むという和歌の伝統を踏まえている。それなのに蛙の鳴き声ではなく水に飛びこむ音を詠んだところが芭蕉の俳諧だった。和歌の伝統を知らない人々には、この句の世界の入り口は閉ざされている。

芭蕉は最晩年、古典から離れようとした。しかし古典と融合し一体となっていた芭蕉にとって古典離れは自殺的な試みだった。

東国の山村で育った一茶は生まれたときから古典などとは縁がなかった。一茶の俳句を育んだのは故郷柏原や江戸の下町の人々の話す日常の言葉だった。だからこそ一茶の句は誰にもわかる句になった。芭蕉が試みた古典離れを一茶は地でできた。こうして一茶は俳句の大衆化＝近代化の時代の最初の人になる。

「木がらしや」の句、「辻諷ひ」は道で唄って物乞いをする人。この唄乞食に一茶は自分の姿を見ている。「世路山川より嶮(けは)し」と前書がある。世渡りは山川をゆくよりも大変だ。〈木枯し＝冬〉

梅が丶やどなたが来ても欠茶碗(かけぢやわん)

『文化句帖』一八〇四年（文化元）

文化年間（一八〇四－一八）の十五年間はそっくり一茶豊饒(ほうじよう)の時代である。年齢でいえば四十二歳から五十六歳まで。当時の年代区分でいえば、すでに初老である。一八一二年（文化九）、五十歳の冬、長年の江戸暮らしを切りあげて故郷柏原に帰る。一八一四年（文化十一）、屋敷と田畑を弟と折半。二十八歳のきくと結婚する。

文化年間と次の文政年間（一八一八－三〇）を合わせた十九世紀初頭の二十六年間を文化文政時代（化政時代）という。寛政の改革と天保の改革にはさまれたこの時代、万事派手好きな十一代将軍、徳川家斉（いえなり）（一七七三－一八四一）の親政のもと規制はゆるみ、町人文化が花開いた。その背後では幕藩体制が揺らぎつつあり、時代は近代へと動きはじめていた。

その原動力のひとつはヨーロッパの帝国主義の波が東アジアにも押し寄せ、イギリスやアメリカの船が日本近海にも出没しはじめたこと。もうひとつは中産階級の町人や農民が経済力を蓄え、文化の享受者として登場してきたことである。

膨大な数の享受者層の出現によって、江戸時代前半の古典主義の文化は大衆文化へと姿を変えてゆく。俳句も例外ではなかった。俳句の大衆化＝近代化を体現していたのが一茶だった。一茶は俳句の近代の最初の人といわねばならない。

「梅がゝや（梅が香や）」はわが家にはこの欠け茶碗しかありませんというお詫（わ）びの一句。欠け茶碗と取り合わせられて梅の花もいよいよ馥郁（ふくいく）と香る。一茶の屈託も鳴りをひそめ、上機嫌のようだ。〈梅＝春〉

初雪や古郷見ゆる壁の穴

『文化句帖』一八〇四年（文化元）

望郷の一句である。その日、江戸に初雪が舞った。わざわざ戸を開けてみるまでもなく、ちらつく雪が壁の破れから見える。それほどのあばら家である。

壁の穴から外の雪を見ているうち、千里の道を飛び越えて故郷の雪景色を眺めているような気がしてきた。今ごろ北信濃の柏原はすっぽりと雪に埋もれているだろう。できることなら江戸のあばら家暮らしを切りあげて、あの雪の温かな懐の中へ帰りたい。とはいうものの愛する父はすでになく、自分が相続すべき家では継母が腹違いの弟と暮らしている。一茶の胸に去来する虚しい思いを知るや知らずや、壁の穴の奥の故郷では雪が降りつづいている。

みごとな心理表現といわなくてはならない。雪の句というだけでいえば、芭蕉にも蕪村にもこれほど深く自分の心の襞を表現した句はなさそうだ。近代俳句の開拓者といわれる子規に先立つこと百年。ここにはすでに古典を典拠とせず、生身の言葉で自分の心を表現する近代が生まれている。

このような句がいくつもある一茶を、なぜこれまで誰もが格下の俳人と見くびってきたか。「子ども向け」「ひねくれ者」という偏見が先行して名句を見逃してきたのではないか。一茶の再評価とは埋もれた句を一句ずつ掘り起こすことである。〈初雪＝冬〉

木つゝきの死ねとて敲(たた)く柱哉(かな)

『文化句帖』一八〇五年（文化二）

一茶のこの句を読んですぐ思い浮かぶ芭蕉の句がある。

うき我をさびしがらせよかんこどり

ここで「うし（憂し）」と「さびし（寂し）」はどうちがうのか。芭蕉はどう区別して「うき我をさびしがらせよ」といったのか。

「うし」とは憂鬱であること。何かが思いどおりにゆかず厭気がさしていること。とくに恋についていう。「さびし」は一人ぼっちであること。あたりに人気がなく、しんと静かなこと。

こうしてみると、「うし」と「さびし」は明らかに次元の異なる言葉である。「うし」は世俗的な倦怠感であり、「さびし」は宇宙的な孤独感をさす。芭蕉もそう区別していたのではないか。

芭蕉は自分の憂鬱を宇宙的な淋しさに高めてくれと閑古鳥（郭公）に呼びかける。きわめて芭蕉的な句である。

一茶の句は房総半島の突端、安房の大行寺で詠まれた。啄木鳥が寺の柱を叩くせわしない音は、この歳になってもあちこち渡り歩いている不甲斐ない私に早く死ねといっているようだ。「うし」と「さびし」の難しい議論も一気に飛び越えて「死んでしまえ」と叩いている。きわめて一茶的な句である。

芭蕉を基準にすれば、一茶にかぎらず各俳人の特色が鮮やかに浮かびあがる。芭蕉より何が多く、何が欠けているか。あるいはどう変えたか。芭蕉は俳句の原点であり

座標軸である。〈啄木鳥＝秋〉

蕣(あさがほ)におつつぶされし庇(ひさし)哉(かな)

『文化句帖』一八〇五年（文化二）

その年八月十四日の句である。今の太陽暦では九月。このころになると朝顔は伸び放題に伸びて、やや荒(すさ)んだふうになる。

古家だろうか。朝顔の蔓(つる)がのしかかり、庇がつぶれている。あるいはつぶれそうになっている。あの軽い朝顔が這(は)いかかったくらいで庇が崩れるはずもないから、大袈(おおげ)裟(さ)な表現ということになる。老朽化して崩れた庇を朝顔のせいにした。朝顔に家がつぶされたと見立てる。そこにこの句の風流がある。

「おつつぶされし（おっつぶされし）」は「おしつぶされし（押し潰されし）」が口でいいやすいように変化したもの。一茶の俳句にはこうした日常の口語がしばしば出てくる。古典と無縁である分、日常語のおもしろさを探るしかない。すでにみた句でい

えば、

我星は上総の空をうろつくか　『文化句帖』

梅が、やどなたが来ても欠茶碗

この「うろつくか」や「どなたが来ても」がそうである。こうした日常使いの言葉が五七五の定型に流れこみ、や、かな、けりの切れ字を忍ばせて、朝顔や梅が香という雅(みやび)やかな言葉と猥雑(わいざつ)にも交りあうとき、一茶の世界が出現する。

同じ日の句に次の句もある。

蕣の花をまたぐや這入口(はいりぐち)　『文化句帖』

かなりの荒れよう。さすがに自宅ではなさそうだ。〈朝顔＝秋〉

一藪(ひとやぶ)は別の夕霧かゝる也

『文化句帖』一八〇五年(文化二)

江戸の一茶とつきあいのあった俳人に成美(せいび)がいる。

成美(一七四九―一八一六)は蔵前の札差(ふださし)井筒屋の主である。札差は旗本、御家人に代わり幕府から支給される米を売りさばき、それを担保に金を用立てもした。

東海道のこらず梅になりにけり　成美
我まへの雲行(ゆく)影やころもがへ
撫子(なでしこ)のふし〲にさすゆふ日かな
ふはとぬぐ羽織も月のひかりかな
のちの月葡萄(ぶだう)に核(さね)のくもりかな
魚くうて口なまぐさし昼のゆき

蕪村風の繊細と長者風の鷹揚(おうよう)が融合した句風。たちまち名句が十は並ぶ。当時の大家である。一茶より十四歳上、一茶の経済的な庇護（ひご）者であり、一茶はしばしば成美のもとに寄食した。

右足が不自由だったという。成美には一茶の野性がまぶしかったかもしれない。一茶も洗練された成美の句に学ぶところが大いにあったにちがいない。

たとえばこの「一藪は」の句。あちらの竹藪に夕霧がかかりはじめた。ふとかえりみれば、わが身も夕霧の中にたたずんでいる。竹藪と自分、遠近にふたつものをすえて霧の世界を水墨画のように描きだしている。これも一茶かと疑いたくなる。〈霧＝秋〉

埋火（うづみび）に桂（かつら）の鷗（かもめ）聞（きこ）へ（え）けり

『文化句帖』一八〇五年（文化二）

闌更（らんこう）（一七二六－九八）はまたの名を半化坊。金沢の人だが、一七八一年（天明一）ごろ、五十代半ばから京に住み、東山の双林寺に芭蕉堂を結んで蕉風復興運動の一拠点とした。闌更がめざしたのは蕉風開眼（古池の句）以降の平明な句風である。

　正月や三日過ぐれば人古し
　日の影や眠れる蝶（てふ）に透（すき）通り
　大木を見てもどりけり夏の山
　枯蘆（かれあし）の日に〳〵折（おれ）て流れけり

この最後の句が評判となって「枯蘆の翁（おきな）」の異名をとった。

一茶は西国行脚中（一七九二－九八）、京で闌更に会い、ともに歌仙を巻いたりしている。一茶には三十七も年上の大俳人だった。

「埋火に」の句はかれこれ十年も前に遊んだ京の追想である。「桂の鷗」とは洛西を流れる桂川の百合鷗だろう。埋火は火鉢や炉に熾（おこ）った炭がやがて灰に埋もれているのをいう。決して消えているのではない。灰に埋もれながら、とろとろと燃えている。まさに過ぎ去った昔の回想にふさわしい。

江戸下町の借家で火鉢の埋火を抱きかかえて温もっていると、遠き日に京の桂川で聞いた鷗の声がよみがえる。埋火は江戸の現実、鷗の声は京の幻。一茶の心はたちま

ちはるかな時空を超えて、あの京の日々へと憧れてゆく。〈埋火＝冬〉

梅干と皺くらべせんはつ時雨

『文化句帖』一八〇六年（文化三）

老いは今も昔も嘆かわしいものである。仏教では生老病死と人の四つの苦しみのひとつに老いを数える。古来、老いを嘆く詩歌は数知らず。

München にわが居りしとき夜ふけて陰の白毛を切りて棄てにき　斎藤茂吉

いまははた　老いかがまりて　誰よりもかれよりも　低き　しはぶきをする　釈　迢空

美しく齢を取りたいと言ふ人をアホかと思ひ寝るまへも思ふ　河野裕子

これに並べても一茶の特長は際立っている。自分に忍びよる老いを「梅干と皺くらべせん」と大いに笑っているところである。

芭蕉は人生における「かるみ」をとなえた。生老病死など人生の悲惨に一喜一憂せず、宇宙のような大きな目で人間界を眺めてゆきたいという人生観だったのだが、その芭蕉でさえ、

衰（おとろひ）や歯に喰（くひ）あてし海苔（のり）の砂　『をのが光（ひ）』

とみずからの老いを嘆いた。

一茶の句は梅干と皺を比べようなどと芭蕉の「かるみ」をまさに地でゆく詠みぶりである。これまで家族や貧乏など人生の辛酸をなめてきた一茶には老いなど笑うべきものだったかもしれない。このとき四十四歳。当時はすでに立派な老人である。〈初時雨＝冬〉

もろ〳〵の愚（ぐ）者も月見る十夜哉（かな）

『文化句帖』一八〇六年（文化三）

「愚か」という言葉は使う人によって表情を変える。

亀鳴くや皆愚かなる村のもの　　高浜虚子

虚子の「愚か」には冷やかな感触がある。自分は愚かでないと思っている人が、愚かな村人たちを愚かと侮っているからである。

ふるさとの山は愚かや粉雪の中　　飯田龍太

龍太の「愚か」には温かな感触がある。「ふるさとの山」を愚かと笑いながら、そこで育った自分も愚かといっているからである。

このように「愚か」という言葉には発言する人の思想が表われる。日常会話でも同じように相手を「バカ！」といったにしても、ほんとうに馬鹿にしていることもあれば、親しみをこめている場合もあるのと同じ。昔の高僧は自分こそがもっとも愚か者であると自認した。親鸞が「愚禿」（馬鹿な坊主）と自称し、良寛が「大愚」（大馬鹿者）を号としたごとくである。

「もろ〳〵の」の句、一茶自身も「もろ〳〵の愚者」の一人である。十夜は旧暦十月五日の夜から十五日の朝まで十日十夜にわたって浄土宗のお寺で営まれる法要。

一茶は浄土真宗であるから浄土宗の十夜には参らなかったかもしれないが、南無阿弥陀仏の念仏で救われるという教義は共通している。十夜に集い、阿弥陀如来のお顔のような月を仰ぐ「もろ〳〵の愚者」に自分の姿も重なるのだろう。〈十夜＝冬〉

寝ならぶやしなのゝ山も夜の雪

『文化句帖』一八〇七年（文化四）

この年、一茶は夏と冬の二度、柏原に帰郷した。夏は父の七回忌。冬は弟と遺産分けについて交渉するためである。

『文化句帖』に「国に行かんとして心すゝまず」と書きとめながら江戸を発ち、十一月五日、柏原に着いた。十五歳で離れてから三十年ぶりの雪の故郷だった。太陽暦に換算すればすでに十二月はじめ、柏原は雪に埋もれていた。

久々の故郷の雪がよほど懐かしかったにちがいない。継母や腹違いの弟と顔を合わせ、談判をしなければならなかったにもかかわらず、その日の記録には雪の句が並ぶ。

雪の日や古郷(ふるさと)人(びと)もぶあしらひ
椎柴(しひしば)や大雪国を贔屓(ひいき)口(ぐち)
かじき佩(はい)て出(いで)ても用はなかりけり
『文化句帖』

一句目、故郷が雪で私を迎えてくれたように継母や弟も無愛想にあしらうことよ。二句目、椎の薪が雪国ではよく売れる。三句目、樏(かんじき)を履いて外に出ても何もすることがない。この故郷で私は何の用もない無用者なのだ。

「寝ならぶや」の句もそのひとつ。夜も降りつづく雪をかぶって故郷信濃の山々は仲よく並んで眠っている。それに比べて私と弟たちは、というのだろうか。案の定、遺産分配の話がうまくゆくはずもなく、一茶は五日で柏原の家を去っている。〈雪＝冬〉

心からしなの丶雪に降られけり

『文化句帖』一八〇七年（文化四）

「雪月花の時　最も君を憶ふ」とは唐の詩人、白楽天（白居易）の詩「殷協律に寄す」の一節である。殷協律とは白居易が杭州、蘇州の長官（刺史）だったときの部下の殷某。協律は官職名。

雪、月、花はこの詩のとおり回想を誘うもののようである。

降る雪や明治は遠くなりにけり　中村草田男

もろともに見し人いかになりにけむ月は昔にかはらざりけり　登蓮

さま〴〵の事おもひ出す桜かな　芭蕉

一茶にとって雪は故郷の象徴だった。よい思い出ばかりではない。いやな思い出のほうが多かっただろう。それでも江戸での放浪時代、雪がちらつけば心は故郷を思った。

初雪や古郷見ゆる壁の穴　『文化句帖』

一八一二年（文化九）、江戸を離れ、雪深い柏原に帰り住んでからは、いよいよ雪は詠まれるようになる。しかしそれはただ眼前の雪を詠んでいるのではなく、長らく故郷を離れ、雪を恋い焦がれたことのある人の雪の句であることを忘れてはならない。この句の「心から」にしても一度は雪を懐かしみ、怨んだ人の、やっとふたたびめぐりあえたという思いのこもった「心から」なのである。どうにもこうにも遺産交渉の埒が明かず、家からさまよい出た一茶の上に雪が降りつづける。〈雪＝冬〉

白魚のどつと生るゝおぼろ哉

『文化句帖』一八〇八年（文化五）

白魚がどっと生まれるというこの「おぼろ」、巨大な星雲のようではないか。その点、一茶の宇宙観の表われた名句である。しかし、一茶には芭蕉の宇宙のような、自分が生きる世界の全体像としての宇宙観はない。一茶の宇宙観は芭蕉のそれと大いに異なる。では、どこがどうちがうのだろうか。

古池や蛙飛(かはづとび)こむ水のおと

芭蕉のこの句はどこかの古池に蛙が飛びこんで水の音がしたという句ではない。蛙が水に飛びこむ音を聞いているうちに、芭蕉の心に古池が浮かんだという句である。この古池も星雲のようにぼんやりとして果てしない。ただ芭蕉はこの古池をあくまで対象として外から眺めている。そしてそれに「古池」という姿を与えた。

ところが一茶の句の「おぼろ」は一茶もそのなかにいて眺めている。はたしてどこまで広がっているのか、姿も形も見えない。「自分が生きる世界の全体像がない」とはこのことである。

『文化句帖』にはこの句を挟んで次の二句がある。

白魚に大泥亀（おほどろがめ）も遊びけり
江戸川に気づよく見へ（え）ぬ白魚哉

ここから近くの江戸川の白魚を詠んだことがわかるが、白魚を見ているというより、目を閉じて白魚の生まれる「おぼろ」を感じている。盲目の人が感じているような「おぼろ」である。〈白魚＝春〉

名月の御覧の通り屑家（くずや）哉（かな）

『文化五・六年句日記』一八〇八年（文化五）

一茶には「ひねくれ者」の評判がついてまわる。だから芭蕉や蕪村よりもはるかに格下の俳人であるとみなされる。一茶を腐すことによって、まるで自分が上等な俳人であるかのようにふるまう人までいるから始末に困る。

そのような御仁にとってはこの「名月の」の句も、ひねくれ者の句ということになるのだろう。たしかに江戸のわが家を屑屋も同然と嘲ってはいる。しかし、この句のどこにひねくれ者の一茶がいるだろうか。むしろここには、みすぼらしい自分の暮らしを笑いに変える快活で明朗な一茶がいるばかりではないか。

一茶の句をよく読めば一茶がひねくれ者どころか、逆に素朴で素直な人柄であることがわかる。

　父ありて明ぼの見たし青田原　『父の終焉日記』
　初雪や古郷見ゆる壁の穴　『文化句帖』
　心からしなの丶雪に降られけり

こんな句を詠む人が過酷な現実に組み伏せられるとき、呻き声をもらす。それが一茶の俳句だろう。その結果、ひねくれているかのように映る。とすれば、ひねくれ者の評判は一茶がいかに自分の心を表現するのに長けていたか、一茶の近代性の証しにほかならない。

ひねくれ者はみずからの命を苛む。もし一茶がほんとうにひねくれ者なら六十五歳まで生きられるはずがない。〈名月＝秋〉

雪とけてくり〳〵したる月よ哉（かな）

『七番日記』一八一〇年（文化七）

雪国の人にとって雪解けほどうれしいものはない。雪解けを境にして雪に閉じこめられた長い冬が終わって、梅も桜も一度に咲く春が訪れる。一茶もそうである。「雪とけて」の句、月夜を「くりくりしたる」といっているようだが、月そのものをそういっているのだ。磨かれて洗われたかのような春の満月だろう。その月の輝きにこそ春を迎えた雪国の人の喜びが写しとられている。『七番（しちばん）日記』によれば、その年の正月、江戸で詠んでいるから望郷の句である。

のちに柏原に帰住してからの句に、

雪とけて村一ぱいの子ども哉

『七番日記』

これもいいが、ここは艶やかな春の満月の句をあげておきたい。一茶は「くり〱したる」のような擬態語、擬声語（オノマトペ）がうまいとよくいわれる。

きり〱しやんとしてさく桔梗哉　『七番日記』
大螢ゆらり〱と通りけり　『おらが春』
やけ土のほかり〱や蚤さはぐ　書簡

たしかにそうだが、オノマトペがうまいのは何も一茶にかぎらない。むしろオノマトペの下手な俳人を探すほうが難しかろう。思うに一茶のよいところを見つけられず、仕方なくオノマトペでもほめてお茶を濁してきたか。〈雪解＝春〉

行く年や空の青さに守谷まで

『我春集』一八一一年（文化八）

『我春集』は一茶がはじめて編んだ句文集である。一八一一年（文化八）の俳句、連句、文章を収める。その第一歌仙の発句が「行く年や」の句である。連衆は一茶、鶴老、天外の三人。表六句は、

行く年や空の青さに守谷まで　一茶
寒が入やら松の折れ口　鶴老
鶯が赤みそ汁を鳴やらん　老
鑓ひねくつて遊ぶ陽炎　茶
有明はことにおぼろと申也　天外
玉子売る迚植る柿の木　老

鶴老は下総守谷（茨城県守谷市）の西林寺の住職義鳳。天外とともに一茶の俳友である。一茶の発句、あまりの晴天に年の瀬にもかかわらず、はるばる守谷まで来ましたという訪問のあいさつ。迎える主人、鶴老の脇は寒中、庭の松も折れて、ごらんのとおりの荒れ寺へようこそという謙遜。以下、したたかな句がつづく。

この発句、「行く年や」とあるとおり前年一八一〇年（文化七）暮の句である。『七番日記』では次の形になっている。

行（ゆく）としや空の名残（なごり）を守谷迄（まで）

歌仙を巻くとき、この「空の名残を」を「空の青さに」と直したのだろう。もやもやした「名残」などより格段にいい。雪深い故郷の北信濃にはない関東の抜けるように青い冬晴れの空である。〈行く年＝冬〉

我が春も上々吉ぞ梅の花

『我春集』一八一一年（文化八）

この年、一茶四十九歳の歳旦吟、年頭の一句である。自分にとって上々吉の初春と自負してはいるが、一茶の身辺はそれほど好調というわけではなかった。

父の遺産分配交渉は腹違いの弟との間で十年間、膠着（こうちゃく）状態がつづいていたが、三年前の一八〇八年（文化五）にやっと折半の契約を取り交わすことができた。これによって一茶は本百姓（自作農）として登録された。

ところが、一茶の再三の督促にも契約はいつまでも不履行のままだった。一八一〇年十一月には成美の家に逗留（とうりゅう）中、金子（きんす）紛失事件に巻きこまれ、五日間も足止めを食らっている。一茶はこの年の暮、下総の守谷に入り、西林寺で新年を迎えた。

遺産問題が未解決のままであることを考えれば、せいぜい中吉といったところだろう。にもかかわらず上々吉というのはカラ元気ともきこえるが、前途を祝してのことだろうか。景気よく詠むのが歳旦吟というものである。

『我春集』の序文では「魂の黴（かび）を洗い、心の古みを汲（く）み出さないから、このとおり腐れ俳諧となって、やがては犬も食わなくなるだろう」「自分の井戸の水が腐臭を放っているのには気づかず、世をうらみ人をそしって理屈地獄の苦しみをまぬがれず」と怒り、自由さを失った俳諧を嘆いている。署名は「しなのゝ国乞食首領一茶」。〈我が春／梅＝春〉

初空へさし出す獅子(しし)のあたま哉

『我春集』一八一一年（文化八）

『我春集』の序文は「昔、清らかな泉の湧く別荘をもっている人がいた」とはじまる。ところが長い歳月のうちに水が悪くなり、藪(やぶ)が茂り、蛭(ひる)や孑孑(ぼうふら)まで湧いて、とうとう誰も知らない野中の埋もれ井となってしまった。そして「此道こゝろざすも又さの通り」、俳句も同じであるというのだ。

一茶がいいたいのは長い間に積もりに積もった伝統や規則に縛られてばかりいると、俳句もまた野中の埋もれ井になってしまうということである。裏返せば、俳句はつねに清らかな泉のように新鮮でなければならない。そのためには伝統や規則を頑迷に守るのではなく、自由な心でいなければならない。

一言でいえば「俳諧自由」である。この「俳諧自由」を最初に唱えたのは芭蕉だった。優美に詠まねばならない和歌（和歌優美）に対して、俳諧は自由に詠むべきである（俳諧自由）と考えた（『去来抄』）。自由に詠まなければ俳諧は文学として意味がないということである。

「俳諧自由」は芭蕉から百年後の一茶、二百年後の現代にまでつづく俳句の大道である。一茶は野蛮な異端者とみえながら、だからこそ俳句の大道に立てた。

「初空へ」の句、天下の初春をことほぐ獅子舞をいきいきと描きだす。頭にかぶった獅子頭がぬっと正月の青空へ伸びたところ。率直で朗らかな一茶の心がうかがわれる。

〈初空＝春〉

春風や牛に引かれて善光寺

『我春集』一八一一年（文化八）

「二月二十五日より開帳」と前書がある。長野の善光寺では、この年閏（うるう）二月二十五日から四月十五日まで出開帳（でかいちょう）が行なわれていて、これをさしているのではないか。開帳とは本尊の扉や幕を開けて信者が拝めるようにすること。その寺での開帳が居開帳（いかいちょう）、出張するのが出開帳である。しばしば造営、修理の資金集めに行なわれた。

一茶はこのとき、江戸で行なわれた出開帳に参ったのかもしれない。というか、参ったととりたい。でなければ、この句、「牛に引かれて善光寺参り」という諺に春風を取り合わせただけの句になって、おもしろくない。やはり春風にうしろを押されて参る一茶の姿が欲しい。ただし『七番日記』をみると、この日は雨。

「牛に引かれて善光寺参り」とは偶然（牛）という運命のいたずらで信心に目覚めること。昔、ある老婆が庭に干した布を角に引っ掛けた牛を追って善光寺にたどりつく。それからというもの老婆は熱心に善光寺にお参りして功徳を積んだ。

この話、何がいいといって牛がいいのである。耳に念仏を聞かされる馬でも棒に当たる犬でもよろしくない。のっそりとした牛が信心の縁を取り持つところがいいのだ。

一茶の目の付けどころもそこにある。「春風や」は牛の気風そのままである。のろのろと歩む牛が善光寺へ導いたように、ゆるやかに吹く春風が人の運命を光のほうへ動かしてゆく。〈春風＝春〉

月花や四十九年のむだ歩き

『我春集』一八一一年（文化八）

日本史の時代区分はいい加減なものである。政府の所在地（平安、鎌倉、江戸など）か天皇の元号（明治、大正、昭和など）かで区分けしているが、どちらも表面的なもので、これでは時代の実態がいっこうに見えない。ここでは次のように分けてみたい。

王朝時代（飛鳥、奈良、平安）　隋・唐の影響
中　世（鎌倉、室町）　宋・南宋の影響
内乱時代（応仁の乱―関ヶ原の合戦）　王朝・中世の破壊
江戸前半（江戸開府―天明の大飢饉）　王朝・中世の復興
江戸後半（天明の大飢饉―幕末）　大衆化＝近代のはじめ
近・現代（明治―現代）　欧米の影響

江戸前半は応仁の乱から百三十年間もつづいた内乱で壊滅した王朝、中世の古典文化復興（ルネッサンス）の時代だった。この古典主義の時代を象徴するのが芭蕉である。

ところが天明の大飢饉（一七八一―八八）を境に時代は古典主義から大衆の時代へと向かう。今の時代区分では日本の近代は明治からとするが、じつは八十年前、江戸後半にはじまっていた。この大衆化＝近代のはじめの申し子が一茶だった。

「月花や」の句、俳諧の道を歩んで四十九年。それを「むだ歩き」と一言で断じる。ここには古典文学の旅人にならって後半生を旅に明け暮れ、旅に死ぬことを理想とした芭蕉とはまったく異なる一茶がいる。〈無季〉

夕暮や蚊が鳴(なき)出してうつくしき

『物見塚記』一八一一年（文化八）

これから一茶の再評価が進んでゆけば、大きな影響をうけるのはまず蕪村であり、次に正岡子規である。

蕪村（一七一六―八三）は芭蕉と同様、江戸時代前半の古典主義の時代の人である。芭蕉の俳諧を前へ進めた人ではなく追随者であったといわなければならない。俳句を大衆化の時代へと進めたのは古典的素養の欠落していた一茶だった。

一方、現在の俳句史では近代俳句のはじまりを正岡子規（一八六七－一九〇二）とするが、これは江戸、明治という時代区分に合わせただけのことではないか。むしろ江戸後半、天明の大飢饉（だいききん）後、徳川家斉の大御所時代に大衆化＝近代化はすでにはじまっていたのであるから、一茶こそ近代俳句の最初の人である。

子規は「写生」（俳句における写実主義）を俳句革新の最大の柱にした。しかし「写生」という言葉こそなかったものの、言葉による描写は日本語とともに古くからあった。明治になってそれを子規が「写生」と呼んだだけのことである。子規は近代俳句の創始者としての栄誉の大半を返上しなくてはならない。

「夕暮や」の句、言葉による描写のみごとな実例だろう。嫌われ者の蚊の羽音に夏の夕暮れの美を見出している。この句の載る俳諧選集『物見塚記』の跋文（ばつぶん）は成美の筆。まさに成美ばかりの繊細さをあわせもつ、たくましい俳諧精神の一句である。〈蚊＝夏〉

がり〳〵と竹かぢりけりきり〴〵す

『我春集』一八一一年（文化八）

古典文学で「きりぎりす」といえば、コオロギのことである。和歌では長い間、秋の夜の静かさ、淋しさを掻きたてるものとして詠われてきた。この句を同じこの年の、

夕暮や蚊が鳴出してうつくしき

『物見塚記』

と並べれば、一茶の俳諧精神の一端が浮かびあがる。きりぎりすなどという優美な題材は「がり〳〵と竹かぢりけり」とこき下ろし、和歌が見向きもしなかった蚊を「うつくしき」と賛美する。これが一茶のしたたかなところである。

「がり〳〵と」の句を芭蕉のきりぎりすの句と並べると、また別の一茶がみえてくる。

猪の床にも入るやきり〴〵す

芭蕉のこの句もまた王朝の独り寝の恋人たちを淋しがらせたきりぎりすを「猪の床にも入るや」と笑いの種にしている。このたくましき俳諧精神は一茶同様。ただ芭蕉の句には古典の下敷きがあった。古代中国の詩集『詩経』には「十月、蟋蟀(しつしゅつ)、我が牀(しゃう)下(か)に入る」とある。この蟋蟀がこの句の「きり〴〵す」である。芭蕉はこれを踏んで「人の寝床ばかりか猪の床にも」というのだ。

一方、一茶の句には古典の下敷きはない。「きり〴〵す」という音につられて「がり〳〵と」といったのだろう。誰にでもわかる一茶の句はこうして生まれる。〈きりぎりす＝秋〉

なの花のとつぱづれ也(なり)ふじの山

『七番日記』一八一二年（文化九）

蕪村（一七一六－八三）は天明の大飢饉(だいききん)（一七八一－八八）以前の江戸時代前半、古典主義時代の最後の人である。芭蕉から五十年後、一茶の五十年前にあたる。

俳人としての蕪村を世に広めたのは明治の正岡子規であり、それ以前、江戸時代にはむしろ画家として通っていた。「十宜図」「奥の細道図巻」「鳶烏図」「夜色楼台図」などの名画がある。画俳両道の人なのだが、俳句についていえば、俳句なのに絵画的に流れがち。絵に描けばすむことを俳句にしたきらいがある。

牡丹散て打かさなりぬ二三片　蕪村

ここをどう評価すべきか。蕪村の句を喜ぶ人は絵を喜んでいることになるだろう。牡丹の花の散りざまを絵のように俳句で表わせたと。

遅き日のつもりて遠きむかしかな　蕪村

たしかにこれは名句だが、このように言葉でしか表わせない世界を詠んだ句は蕪村には意外に少ないのである。

一茶の「なの花の」の句をみれば、蕪村の富士の句がすぐ浮かぶ。

不二(ふじ)ひとつうづみ残してわかばかな　　蕪村

どちらも絵画的ではあるが、重要な違いがある。蕪村の句が琳派(りんぱ)の絵の俳句化、紙上のデザインであるのに対して、一茶の句は奥行きのある広大な空間を描いていて、これは三次元の空間である。房総半島のどこからか江戸湾越しに眺めた富士だろう。〈菜の花＝春〉

まゆひとつ仏のひざに作る也(なり)

『七番日記』一八一二年（文化九）

一茶五十歳、一八一二年（文化九）という年は一茶にとって記念すべき年になった。というのは、一茶が長年の江戸暮らしに見切りをつけて柏原に帰郷して住みはじめた年だからである。

十五歳で江戸に奉公に出されてから三十五年ぶりの帰郷。「あゝ　おまへはなにをして来たのだと……／吹き来る風が私に云ふ」（中原中也「帰郷」）の心境だったろう。とはいえ、腹違いの弟との厄介な遺産分配問題が未解決のまま残っていた。振り返れば四年前、弟との間で遺産を折半する契約は整っていた。しかし再三の催促にもかかわらず、この年十一月の帰住の時点になってもまだ実行されていなかった。じっさい弟が折半に応じるのはさらに二年後のことになる。

遺産問題はしこりのように残っていたにもかかわらず、五十を迎えたこの年、一茶の心境に変化があった。何よりの証拠は俳句である。この年から一茶の俳句はいちだんと自在さを増してゆく。

なの花のとつぱづれ也ふじの山　『七番日記』

この句のスカッと突き抜けたような世界にしても、心の箍がひとつ外れたことをうかがわせる。

「まゆひとつ」の句、農家が飼っている蚕が一匹、蚕棚を這い出て仏の膝に繭を作りはじめた。十一月の帰住以前の句だが、ここからうかがわれるのは、はるかな懐郷の思いである。〈繭＝夏〉

青空のやうな帷きたりけり　『七番日記』一八一二年（文化九）

一茶はなぜこの年、帰郷を決行したか。このころの句を並べてみると、おぼろげながら一茶の思いをうかがうことができる。

月花や四十九年のむだ歩き　四九歳
なの花のとつぱづれ也ふじの山　五〇歳
まゆひとつ仏のひざに作る也　同
けふからは日本の雁ぞ楽に寝よ　同
是がまあつひの栖か雪五尺　同

やはり五十歳という人生の節目が大きな意味をもっていたのではないか。振り返れば、それまでの放浪の人生が空しいものに思えた（一句目）。旅を人生とした晩年の芭蕉とは大いに異なる。芭蕉には「つひの栖」という発想そのものがなかった。

空しい思いを埋めようとするとき、まっさきに故郷の柏原が思い浮かぶ。土の気の人である一茶の本能的な選択だったろう。優れた作家は自分にとって豊饒の土地を無意識のうちに選んでしまう。そして、いったん決意してしまえば（二句目）、遺産問題がどうあろうとまっしぐらに突き進む（三〜五句目）。

「青空の」の句、「なの花の」の句と同じく何か吹っ切れたかのような句である。帷は夏の単の着物。それが青空のようだというのは、帷が水浅葱（水色）だったのかもしれないが、色はどうあれ青空のように爽快なのである。〈帷＝夏〉

有明や浅間の霧が膳をはふ

『七番日記』一八一二年（文化九）

『七番日記』は一八一〇年（文化七）から一八一八年（文政一）まで、一茶四十八歳から五十六歳まで九年間の七千三百句を収録する質量ともに最大の句日記である。
この間、一茶は江戸を去って雪深い故郷の柏原に定住する。やっと遺産分配を実現させ、五十二歳で最初の結婚をする。相手は母方の親戚の娘、二十八歳のきくだった。長男千太郎が生まれるが、ひと月もたたず死去。夫婦仲はこじれはじめる。長女さとが生まれるが、この子も幼いまま世を去る運命にあった。

幸福と不幸が秋の日和のように次々に入れ替わる劇的な九年間だったといわなければならない。しかし作家とは非情なもので、こうした大きな代償を払って果実を手に入れる。そのとおり俳人一茶にとって、この九年間は豊饒(ほうじょう)の九年間だった。

「有明や」の句、『七番日記』では一八一二年（文化九）七月にある。一茶はこの年六月半ばから八月半ばまでの二か月間、柏原に帰っている。弟に遺産分配を迫るためである。この年一年間の句文を集めた『株番』では軽井沢での句としている。

軽井沢は今でこそ避暑地だが、当時は中山道の宿場だった。浅間山の南東の裾野(すその)にある。この句、朝霧が山肌を滑り下り、朝食の膳にまで及んだかのようではないか。

〈霧＝秋〉旧暦七月は太陽暦では初秋八月。高原の軽井沢ではすでに朝霧夕霧の季節だった。

月も月抑〱大の月よ哉

『七番日記』一八一二年（文化九）

明恵上人（一一七三－一二三二）は鎌倉時代の高僧。後鳥羽上皇から栂尾山をたまわり、ここに高山寺を開いて華厳宗の道場とした。高僧と書いたのは、こうした地位を問題にしたのではなく、心の大きさゆえである。それは明恵が残した数々の歌に表われている。

あるとき、栂尾山の麓を流れる清滝川で同輩たちと涼んでいると急に夕立がきた。あわてて古い板を木の枝に渡して、その下で雨宿りしたのだが、みなずぶ濡れ。そこで一首、

旅の空かりの宿りと思へどもあらまほしきはこのすまひかな

人生は所詮、旅の空。この大きなお寺も仮の宿にすぎないが、ほんとうに望ましい

のはこんな板一枚の家なんだよ。

この名僧に月をたたえる一首がある。

あかあかやあかあかあかやあかあかやあかあかあかやあかあかや月

「あかあか」が繰り返されるだけの、子どもが口走ったような歌である。一茶の「月も月」はこの明恵の歌を思い出させる。一茶がこの歌を知っていたかどうかは関係ない。

一八一二年（文化九）中秋の名月の句。一茶はこのとき、一時帰郷の帰途にあった。遺産分配がどうなろうと、すでに故郷定住を決意した人の安心がある。〈月＝秋〉

けふからは日本の雁（かり）ぞ楽に寝よ

『七番日記』一八一二年（文化九）

一茶の再評価は正岡子規だけでなく近代俳句の枠組み全体を洗い直すことになる。その最たるものが「写生」である。

子規は俳句革新の最大の支柱として写生という方法論を主張した。写生とは俳句における写実主義（リアリズム）である。当時流行の西洋の絵画の方法論の直輸入であり、俳句は眼前のものをありのままに写しとるべきであると唱えた。

絵は絵の具、俳句は言葉。はたして絵の具で写すように言葉で写しとれるのか。出発点から危うさをはらんでいたのだが、この写生という考え方はやがて「目の前のものを写す」から「目の前にないものは写してはならない」と偏狭なものに姿を変えてゆく。

詩歌の源泉は想像力（イマジネーション）である。しかし、子規が唱えはじめた写生という方法が詩歌の翼を縛ることになった。それから百年、この流れに重大な修正を加えたのは飯田龍太（一九二〇－二〇〇七）である。龍太は「写生は、感じたものを見たものにする表現の一方法」（『自選自解　飯田龍太句集』）といった。つまり詩歌の本道に立ち戻ったのである。

「けふからは」の句、『株番』では「外ケ浜（そとがはま）」と前書がある。外ケ浜は津軽の海岸であり、秋に北から渡ってくる鳥たちが最初に休む日本の土地だった。一茶はこのとき、

柏原から江戸に帰る途中だった。いうまでもなく想像力の賜物である。〈雁＝秋〉

蛼（こほろぎ）が髭（ひげ）をかつぎて鳴（なき）にけり

『七番日記』一八一二年（文化九）

『七番日記』のこの年八月には虫の句が五つも並んでいる。

蛬（きりぎりす）せんきの虫も鳴（なき）にけり
蛬月よ〳〵がいやぢややら
蛼（こほろぎ）や小鹿の角のてんぺんに
蛼が髭をかつぎて鳴にけり
今鳴（なく）かはたを（お）り虫の影ぼふし

当時、「きりぎりす」と呼んでいたのはコオロギである。ではキリギリスを何と呼んでいたかといえば、「はたおり」（機織り）と呼んでいた。つまり五句のうち前四句はコオロギ、最後の一句がキリギリスである。一句目の「せんき」（疝気）は腹痛。四、五句目以外はごらんのとおりの駄句である。

四句目の「蛼が」の句、コオロギが二本の長い髭をうしろになびかせて鳴いている姿を、髭をかついでいるといったところが俳諧。まるで竹竿か天秤棒をかつぐ人のようである。一読、近代の歌人、長塚節（一八七九－一九一五）のウマオイの歌を思い出させる。

馬追虫の髭をそよろに来る秋はまなこを閉ぢて想ひ見るべし

虫の種類こそ別だが、姿がよく似ている。ただ大事な違いがあって、節の歌は震えるような繊細さに貫かれているのに対して、一茶の句は鳥獣戯画を見るような悪戯の精神にあふれている。もちろん時代と二人の性格の違いによる。〈蟋蟀＝秋〉

きり〱しやんとしてさく桔梗（ききやう）哉

『七番日記』一八一二年（文化九）

惟然（いぜん）（？―一七一一）は風狂放浪の人だった。芭蕉の門弟だが、芭蕉の旅が意識的なものであったのに対して、惟然の放浪はやむにやまれぬ生来のものであった。句もそれに似て哀しみがある。ちょっと一茶を思わせるところがある。

夏の夜のこれは奢（おごり）ぞあら莚（むしろ）
更行（ふけゆく）や水田（みずた）のうへの天の川
ひだるさに馴てよく寐る霜夜哉

オノマトペの句もある。

水鳥やむかふの岸へつういつい

すでに路通について書いたとおり、オノマトペがうまいのは俳人として当たり前。オノマトペをほめるのは、ほかにほめるところのない俳人に対してすることである。芭蕉もうまかった。

むめが丶にのつと日の出る山路かな
どむみりとあふちや雨の花曇
風色(かざいろ)やしどろに植し庭の萩

「きり〳〵しやんと」の句も同様。この言葉は本来、凜々(りり)しい若者の形容である。それを桔梗の姿に使った。桔梗の花の立ち姿は若者のように凜々しいというのだ。この句、視界がぱっと明るんで一輪の桔梗が鮮明によみがえる。心機一転、一茶はすでに帰郷定住を決意している。〈桔梗＝秋〉

是(これ)がまあつひの栖(すみか)か雪五尺

『七番日記』一八一二年（文化九）

一茶はこの年十二月十五日、十四年の江戸暮らしに見切りをつけて故郷柏原に帰ってきた。五十歳。父の遺産を折半する契約はまだ実行されていなかったので住む家もなく、借家住まいをすることになった。つまり帰郷を強行したのである。弟と和解し、父の遺産の半分が一茶のものになるのは翌年一月のことである。

「是がまあ」の句は帰郷の感慨である。あれほどもめて手に入れたものがこのちっぽけな家か。だが、「つひの栖」（終の栖）、最後の家といっていて、この家に死ぬまで住むつもりだった。そして決意どおり六十五歳の死までの十六年間、ここに住むことになる。

家に対する一茶の考え方は、この句をみても芭蕉と正反対である。芭蕉は「旅を栖」（『おくのほそ道』）と考えた。

住(すみ)つかぬ旅のこゝろや置炬燵(おきごたつ)

旅に病(やん)で夢は枯野をかけ廻(めぐ)る

こういう句をみると、芭蕉は流れてやまぬ風、あるいは水の気の人であったにちがいない。

これに対して一茶は定住志向の土の気の人だった。そういう人にとって旅は不安以外のなにものでもないだろう。

月花や四十九年のむだ歩き　　『我春集』

西国行脚（さいごくあんぎゃ）も江戸の放浪生活も「むだ歩き」にすぎない。行脚や放浪をばっさりと切り捨てるのも一茶が土の気の人だからである。〈雪＝冬〉

ゆ(い)うぜんとして山を見る蛙哉（かはづかな）

『七番日記』一八一三年（文化十）

「つひの栖（すみか）」の話を少しつづけよう。芭蕉が「旅を栖」と考えたのはなぜか。それは芭蕉が江戸時代前半の古典主義の時代の人だったからである。ここで古典とは応仁の乱後、百三十年つづいた内乱で壊滅した日本の王朝、中世の文化であり、それに影響を与えた中国の唐、宋・南宋の文化である。

芭蕉は王朝時代の能因（九八八―？）や中世の西行（一一一八―九〇）、唐の杜甫（七一二―七〇）に自分を重ねた。みな「旅を栖」とした詩人たちである。

一方の一茶は江戸時代後半の大衆化の時代の人だった。古典文学などとは無縁の育ちであり、何よりの関心事は目の前の父の遺産問題であり、五十歳をすぎて妻も子もいないわが身の行く末だった。一茶は江戸時代という近代の一市民だったのである。「ゆう(い)ぜんとして」の句、一匹の蛙（かえる）の姿に、父の遺産の半分を手に入れた一茶の心境が映されている。一茶としては珍しく古典を引用している。それは陶淵明（とうえんめい）（三六五―四二七）の詩（「飲酒」その五）の有名な一節である。

菊を採る　東籬（とうり）の下
悠然として南山を見る

古典といっても初歩の初歩。誰でも聞き覚えのある一節だろう。そこに一茶らしい

大衆性があふれている。〈蛙＝春〉

春風や鼠(ねずみ)のなめる角田川

『七番日記』一八一三年（文化十）

江戸での浮き草暮らしの十五年間、一茶は法要や父の遺産問題のためにしばしば帰省した。故郷柏原に住むようになってからも、しばしば江戸を訪ねた。「つひの栖(すみか)」とはいうものの、決して柏原に閉じこもっていたのではない。

一茶の江戸と柏原の行き来は芭蕉の旅とは明らかに様相が異なる。芭蕉の旅は『野ざらし紀行』も『笈(おい)の小文』も『おくのほそ道』もはてしないどこかへ旅をする、そうした旅だった。行き倒れて野垂れ死にするのも覚悟の上だった。江戸と故郷の伊賀上野を行き来するなどということはしなかった。

それに対して江戸と柏原を行き来する一茶の姿は、現代人が盆正月に東京と故郷を新幹線や飛行機で往来するのに似ている。その大きな理由は江戸時代後半の一茶の時代、全国各地への道が整って誰でも安全に旅ができるようになったからである。旅の世界ですでに近代がはじまっていたのである。

しかし、この年一八一三年（文化十）は一度も江戸へは行っていない。「春風や」の句は想像ではるかに江戸の春を思いやった句である。どぶ鼠が隅田川（角田川）の水をなめているのだが、じかに隅田川をなめるといった。この大ざっぱさがまさに春風駘蕩（たいとう）たる気風をもたらしている。じっさいに隅田川の鼠を見て詠めば、こうはいかない。まさに想像力の賜物。〈春風＝春〉

大の字に寝て涼しさよ淋（さび）しさよ

『七番日記』一八一三年（文化十）

この年一月、一茶は小林家の菩提寺（ぼだいじ）、明専寺住職の調停で弟と和解し、父の遺産を折半した。一茶は手に入れた田畑を小作人に任せ、俳諧師として暮らすことになる。ただこのとき折半したのは遺産のうち田畑だけだった。屋敷の折半はさらに一年後であり、それまで借家住まいがつづいた。遺産問題の経過をまとめておく。


一八〇一年（三九歳）　父死去。

一八〇八年（四六歳）　弟と父の遺産を折半する契約を結ぶ。本百姓（自作農）として登録。

一八一二年（五〇歳）　柏原に定住。借家住まい。

一八一三年（五一歳）　弟との契約が実行され、まず田畑を折半。

一八一四年（五二歳）　屋敷を折半。


最終的には屋敷の折半によって一茶と継母・弟が屋敷を二区画に分けて住むことになる。一茶が手にしたのは屋敷の南側四間三尺二寸、土蔵、仏壇だった。だが、これは一年先の話である。

「大の字に」の句、「涼しさよ」とあるから昼寝だろう。まだ借家住まいだが、やっと自分のものとなった田畑の上で大の字になっているような印象がある。問題は「淋しさよ」。田畑を手に入れた淋しさといえば矛盾しているようだが、何かを獲得するということはじつは淋しいことなのだ。その淋しさに家族のいない淋しさが重なる。

やや複雑な淋しさである。〈涼し＝夏〉

下々(げげ)も下々下々の下国の涼しさよ

『七番日記』一八一三年（文化十）

一茶はこの年六月、何のたたりやら尻に大きな腫(は)れものができ、長野の門人の家で寝こんでしまった。この年一年間の句文集『志多良(しだら)』にはこうある。

無常の風と病の悪鬼からは仏でさえ逃げられない。ましてヤワな凡人（荒凡夫(あらぼんぶ)）の我々がどうして逃れられようか。今年六月初めから尻の片方がしくしく疼(うず)いていたのが、旅の間、養生もできず放っておいたところ、十五日ごろから鮟鱇(あんこう)の胃袋に水を満たしたように腫れあがり、痛みは槍で衝(つ)くよう、高熱は火の中に坐しているよう、流れる汗は畳を濡(ぬ)らし、地獄の火車(かしゃ)に乗る亡者の苦しみもこれほどではなかろうと思われた。これは廱(よう)という悪性の腫れもので世間では命取りになるなどといっている。

惨憺（さんたん）たるありさまだが、どうにか恢復（かいふく）するのが二か月半後の九月初め。「下々も下々」の句はこのときの句である。『志多良』には「おく信濃に浴（ゆあみ）して」とある。病臥（びょうが）しつつ、かつて奥信濃の温泉を浴びて涼んだことを思い出しているのだろう。

古代の律令制では日本の諸国を大、上、中、下の四等級に分けた。信濃は上国であるから、この句の「下国」は律令制の下国ではない。都の人などは知りもしない山の奥の奥というのだろう。だからこそ褌（ふんどし）一丁、腰巻一枚のあられもない姿で涼んでいられる。上々のお堅い方々は決して味わえない涼しさである。〈涼し＝夏〉

人来たら蛙（かへる）となれよ冷し瓜（うり）

『七番日記』一八一三年（文化十）

尻の腫（は）れもので寝こんでいる間も、一茶はうんうん唸（うな）っていただけではない。門人たちと徹夜で歌仙を巻いたりして遊んでいる。

蚤蝿にあなどられつゝけふも暮ぬ　『志多良』

これはその歌仙の発句だが、腫れものが痛くて思うように動けないのをいいことに、蚤が刺し、蝿が舐める。そんな情けない自分を笑っているのだ。

和歌（短歌）は嘆きの詩だから、もし一茶が歌人だったら、あわれな自分を嘆いていただろう。一方、俳諧（俳句）は笑いの詩だから一茶はあわれな自分を笑う。たくましい俳句精神である。

すぐに正岡子規を思い出す。子規は結核がカリエスとなり、腰にガランドウのような大きな穴が開きながら、死ぬまで俳句を詠み、文章を書きつづけた。一茶のこのときの病中吟はその先例である。

「人来たら」の句、これも病中の句である。冷し瓜があまりにうまいので人に食わせたくない。そんなケチな思いを童話風に描きだす。もし人が来たら蛙に化けるんだぞ。食べられないように。

ある昔話を下敷きにしている。おばあさんが鍋に残ったぼた餅に嫁が来たら蛙に化けるようにいうのだが、上手をゆく嫁は……。

芭蕉は古典を下敷きにして俳句を作ったが、古典に疎い一茶はそれができない。代わりにときどき下敷きにしたのが、このような誰でも知っている昔話のたぐいだった。

〈冷し瓜＝夏〉

汗の玉草葉におかばどの位

『七番日記』一八一三年（文化十）

芭蕉の作品は古典文学を抜きには考えられない。江戸時代前半の古典主義の時代の人だったからである。その生涯を眺めると、

貞門・談林時代　伊賀上野・江戸日本橋　古典による言葉遊び
『冬の日』時代　江戸深川　古典の露骨な引用
『猿蓑』時代　近江湖南　古典を面影にする

『炭俵』時代　江戸深川　古典離れの試み

このように芭蕉は古典に育てられ、古典と一体の人だった。

では芭蕉にとって古典とは何だったか。言語は単に対象を指し示すだけでなく、過去を記憶する装置でもある。その記憶の最大のものが古典である。芭蕉の作品が古典を下敷きにするのは言葉の記憶をよみがえらせ、作品に深みをもたらす働きがある。

古典とは無縁に育った一茶はこれが使えなかった。しかし、古典なしでは作品の世界が浅くなる。作品を深めるには人々の日常語を深めるしかなかった。俗語、オノマトペ、諺（ことわざ）、昔話も一茶にとってはなくてはならないものだった。現代俳句は一茶の延長線上にあり、一茶の抱えていた問題は現代俳句の問題でもある。

「汗の玉」も腫（は）れもの療養中の句。大汗を草の葉におく露にすれば、どれくらいの量か。『志多良』には「渋峠」と前書がある。渋峠は上州草津（群馬県）から信州湯田中（長野県）に向かう峠。かつて汗して越えた峠を思い出したか。〈汗＝夏〉

うつくしやせ(しや)うじの穴の天の川

『七番日記』一八一三年(文化十)

腫れもので床についているうち、夏越も立秋も七夕も盆も中秋の名月もすぎていった。『志多良』にはその折々の句が並ぶ。

麻の葉に借銭書て流しけり　(夏越の祓)
秋風やまだか〳〵と枕吹　(立秋　病中)
名月や寐ながらお(を)がむていたらく　(中秋の名月)
名月やとばかり立居むつかしき
あの月をとつてくれろと泣子哉

「うつくしや」は七夕の句である。布団に横たわったまま、障子の破れから七夕の天の川が見える。「うつくしや」という言葉が感嘆というより嘆息のようにきこえる。世の中にもわが身にも厄介なことがいろいろあるものの、無条件に天の川は美しい。

障子の小さな穴から広大な宇宙へと心が憧れ出てゆくかのようだ。かれこれ十年も昔、江戸で詠んだ句を思い出す。

初雪や古郷見ゆる壁の穴　『文化句帖』一八〇四年

江戸のあばら家の壁の破れから、ちらつきはじめた初雪を眺めているうちに雪深い故郷の柏原を思い浮かべた。「うつくしや」の句はそれと同じ構図だが、一方は江戸にいて故郷を懐かしみ、一方はその故郷にいて宇宙に憧れている。

ちなみに障子の穴から天の川が見えるだろうか。見えはすまい。想像力でみごとに構成した句である。〈天の川＝秋〉

死こぢれ〳〵つゝ寒かな　『志多良』一八一三年（文化十）

尻の腫れものがどうやら治まり、長野の門弟の家を出て柏原に向かったのは九月の初めだった。「杖にすがり、霜枯れの虫が這うように二足三足歩いては一息つき、四足七足運んでは脛をさすって……」と『志多良』にはある。ところが、途中、大雨に見舞われた。

山国のいつものことで、にわかに空がかき曇り、北の山から風が吹き下ろして雨を飛ばし、雨宿りする木立ちも見えない野原、腰かけて休む片蔭さえない。かといって急げる体ではないので濡れるだけ濡れながら申の刻、長沼の里に入った。

申の刻は夕方六時ごろ、長沼（長野市の北東部）の門弟の家にたどりついたのはいいが、案の定、夜になって高熱にうなされた。

「死こぢれ」はそのときの句である。「死こぢれ」とは耳慣れない。「話がこじれる」「風邪をこじらせる」などというときの「こじれ」だが、もつれてすらすらと運ばない、病気が治りそこなって長引くという意味の言葉である。

そこで「死こぢれ〳〵つゝ」というのは、幾度も死ぬ目に遭いながら、それでもどうにか生きているというのだ。もちろん尻の腫れものとその夜の高熱のことである。

この年の旧暦九月初めは太陽暦の九月末。まだ秋のうちだが、寒さという冬の季語を使っているのは、悪寒（おかん）がしてガタガタ震えていたのにちがいない。〈寒さ＝冬〉

あつさりと春は来にけり浅黄空

『七番日記』一八一四年（文化十一）

尻の腫（は）れものにまで悩まされた厄年というべき年も暮れ、明けて一八一四年（文化十一）。一茶にとってこの年はめでたい年になった。

二月、父の遺産のうち田畑についで屋敷を弟と折半した。屋敷をどう折半したかといえば、文字どおりの折半である。南側半分に一茶が住み、北側半分に継母と腹違いの弟が住む。一軒を線引きした二世帯住宅である。以後、ここで暮らすことになる。

四月、獲得した屋敷の半分に嫁を迎えた。遠縁の娘きく、二十八歳。一茶は五十二歳、初婚である。人生五十年といわれた時代であるから、いい老人である。しかも相手は二回りも年下、娘のような若い女性である。

しかし当時は珍しい縁組ではなかった。年をとっていようと屋敷の半分であろうと、男が一家を構えた以上、嫁をもらわなければならない。所帯をもつとはそういうことである。女のほうも二十五歳は年増（としま）、三十歳は大年増とされた時代である。老人と年増の結婚であるから、今ほど年の離れた結婚という印象はなかっただろう。

「あつさりと」はこの年正月の歳旦詠（新春詠）である。さんざんな目に遭った去年を思いやっているのだ。どんな過酷な年が来るかと恐る恐る目を覚ますと、浅葱色（淡い青）の初空がほのぼのと広がっている。今年はどうにか平穏な年になりそうだ。「あつさりと」という日常語に深みを与えている。〈春来たる＝春〉

大根（だいこ）引（ひき）大根で道を教へけり

『七番日記』一八一四年（文化十一）

この年、一茶は四月に結婚したが、腰を落ち着ける暇もなく、八月には新妻に家を預けて江戸へ旅立った。江戸では房総地方の俳友たちを訪ねてすごした。

「大根引」の句、房総を歩きまわっているときの句にちがいない。大根畑で大根を引き抜いている農家の人に道をたずねると、「ほら、ずっと先のあの林の角を右へ曲って」などと抜いたばかりの大根で道を教えてくれるのだ。大根から関東の土の匂いが立ちのぼり、関東の大根畑の風景が浮かびあがる。

「牛蒡（ごぼう）引牛蒡で道を」では細くて黒い牛蒡が冬枯れの景色に埋没してしまい、いっこうにひき立たない。「芋掘が芋もて道を」では芋が短かすぎて道教えにならない。ここはすっと長くて太い泥のついた大根であるところが大事である。

大根ならば道を示す人の姿も、はるかまで目をさえぎるもののない関東平野の冬景色もさまになる。逆に上方や西国、故郷の信濃でも、こうはいかない。すぐそこにある山や村につきあたって視線はたちまち折れ曲がってしまうだろう。菜の花のとっぱずれに富士山があるような、広々とした関東であればこそ、この句は生きるといわなくてはならない。

一茶が江戸をあとにしたのは十二月も半ば、柏原に帰ったのは暮れも押し詰まったころだった。〈大根＝冬〉

雪ちるやきのふは見えぬ借家札

『三韓人』一八一四年（文化十一）

江戸滞在中、一茶は一冊の俳諧選集を出版した。江戸俳壇引退を記念した『三韓人』である。序文は江戸の大家成美。伊予松山の故樗堂の手紙を巻末にすえる。江戸を去ってすでに二年。江戸俳壇引退記念というのも今さらの感があるが、父の遺産問題を片づけ、新妻を迎えて一家の主となった今、あわただしくあとにした江戸にあらためて一区切りのあいさつをしようとしたのだろう。

「雪ちるや」の句、きのうまで人が住んでいたのに、今日はその人も去り、戸口に貼られた借家札に雪が舞っている。一茶の江戸の仮住まいを詠んでいるのだが、それにかぎらず、人の世の定めなさを一枚の借家札で表わしている。きのうはいた人が今日はもう死んでいないように、私もやがてこの世を立ち去るだろう。

『三韓人』には「石の上の住居こゝろせはしさよ」、この世の住居のあわただしさよという前書を置き、これを発句とした歌仙一巻を収録している。

『おくのほそ道』巻頭の芭蕉の句、

草の戸も住替る代ぞひなの家

かたや「草の戸」「ひなの家」、かたや「借家札」。この対比をみても芭蕉が古典主義の人であるのに対して、一茶がすでに江戸後半という近代社会の一市民であることがわかる。〈雪＝冬〉

陽炎や猫にもたかる歩行神

『七番日記』一八一五年（文化十二）

一茶の時代、海外に目を転じれば、新大陸ではアメリカの独立戦争（一七七五－八三）、ヨーロッパではフランス革命（一七八九－九九）が起こった。アメリカ独立戦争が一茶十代、フランス革命が二、三十代のときである。どちらも近代民主主義の発端となった事件である。この近代民主主義を文化の次元にひき移せば、文化の享受者の裾野が拡大した大衆化の問題になる。

日本での文化の大衆化は欧米での政治の民主化と同じ時期、一茶の時代に起こっている。天明の大飢饉（一七八一―八八）の直後、徳川家斉の半世紀に及ぶ大御所時代（一七八七―一八四一）に文化の裾野はまたたく間に拡大した。日本の近代は明治維新（一八六八）より数十年早く、この時代にはじまっている。

一茶の句はなぜ一読するだけで誰にでもわかるのか。最大の理由は一茶が俳句の大衆化の時代を生きていたからである。そこに江戸時代前半の古典主義の時代を生きた芭蕉との大きな違いがある。蕪村は古典主義時代の宵の明星ともいうべき俳人だった。

「陽炎や」の句、歩き神とは人をそぞろ歩き、さらに放浪へと誘う神。芭蕉の高弟の丈草に歩き神の句がある。

炎天に歩行神つくうねり笠

このとおり歩き神は人にとり憑くが、一茶の句では猫。「たかる」とあるから複数いる。見える人には見えるらしい。〈陽炎＝春〉

おらが世やそこらの草も餅になる

『七番日記』一八一五年（文化十二）

「おらが世」も「おらが春」も一茶の句にしばしば登場する。私の時代、私の初春という意味である。この句のほかにも、

おらが世は臼(うす)の谺(こだま)ぞ夜の雪　『七番日記』

目出度(めでた)さもちう位也(くらゐなり)おらが春　『おらが春』

「おらが春」はのちに句文集の題名にも使われる。この「おらが世」「おらが春」という言葉は二つの点で一茶らしい。

まず「おら」はもともと社会の底辺や辺境で生まれた自称の言葉だが、一茶の時代には江戸の町で男女を問わずふつうに使うようになっていた。江戸の町人言葉のひとつだった。

一茶はそれを迷うことなく自分の俳句にとりいれた。昔風にかしこまっていえば「わが世」「わが春」とすべきところだが、そこを砕けて「おらが世」「おらが春」といえば、一茶が生きている江戸後半の大衆化の時代を謳歌（おうか）する言葉に変わる。

次に「おらが世」も「おらが春」も一茶の近代市民としての自分中心的な人生観を反映している。

「おらが世や」の句、私が生きている今の時代はそこらに生えている草でさえ草餅になる、結構な時代であるというのだ。遺産問題の解決や結婚が背景にある。もし権力者や大金持ちがこの句を詠んだのなら鼻もちならないが、一茶というしがない一市民がささやかな幸福を噛（か）みしめている句である。〈草餅＝春〉

涼風の曲りくねつて来たりけり

『七番日記』一八一五年（文化十二）

江戸時代前半の古典主義の権化であった芭蕉は晩年、古典から離れようとした。人生観である「かるみ」を文学に重ねようとした結果である。言葉にとって古典ほど重いものはないからである。

晩年の俳諧選集『炭俵』に苦心の跡が残る。その第一歌仙「むめがゝにの巻」から芭蕉の句だけをいくつか抜くと、

発句　むめがゝにのつと日の出る山路かな
初表四　上のたよりにあがる米の直（ね）
初裏二　娘を堅（かた）う人にあはせぬ
初裏六　ひたといひ出すお袋の事

ここには古典の引用も面影もない。ひとつ前の『猿蓑』から一変している。この歌仙で相手を務めた野坡（やば）をはじめ、『炭俵』の編者に選んだのも古典に疎い江戸日本橋の両替屋の手代たちだった。

自分の古典主義的体質を抑え、曲げるのだから無理がある。やがて芭蕉は『炭俵』の完成も待たず、憔悴（しょうすい）して最後の旅の大坂へ旅立つ。

このときの芭蕉に比べて一茶の「涼風の」の句の何といきいきとして生命力のみな

ぎっていることか。晩年の芭蕉がうまくいかなかった古典離れを一茶は地でやっている。

「涼風」は「すずかぜ」ではなく「リョウフウ」。このほうが滑りがいい。信濃での句のようだが、ここに描かれるのは長年住んだ江戸下町の路地の入り組んだ界隈。回想の句である。〈涼風＝夏〉

膝がしら木曾の夜寒に古びけり

『嘉永版一茶発句集』一八一五年（文化十二）

芭蕉晩年の古典離れは完全な失敗だったわけではない。その成果は死の直前に訪れた。

しら菊の目に立て丶見る塵もなし　芭蕉
秋深き隣は何をする人ぞ

旅に病で夢は枯野をかけ廻(めぐ)る

三句とも最後の旅の大坂で詠んだ句である。どれも西行の歌や杜甫の詩を踏まえているが、そのことを知らなくてもわかる。句の遠景に古典を置きながら、古典との距離を極限まで広げている。これをみれば、芭蕉が試みるべきは古典離れではなく、古典との距離のとり方だったたことになるだろう。

一茶の句は芭蕉の大坂での句とは異なる。芭蕉の句の背後には薄まったとはいえ古典が控えているが、一茶の句の背後にはそもそも古典がない。芭蕉が古典離れを試みた『炭俵』時代の句に近い。

「膝がしら」の句、晩秋の夜更け、ふと目をとめた自分の膝頭にしみじみと老いを感じている。このとき一茶は五十三歳である。

この句、初案は次の形だった。

膝がしら山の夜寒に古びけり　『七番日記』

この「山の夜寒」をのちに「木曾の夜寒」と直したのだが、たしかに初案は一句の

印象がぼんやりしたままである。「木曾の夜寒」とすると、夜寒の杉の一本一本まで見えてくる。〈夜寒＝秋〉

たのもしやてんつるてんの初袷（はつあはせ）

『七番日記』一八一六年（文化十三）

この年は一茶にとって喜びが悲しみに急変する悲惨な年になった。四月十四日、一茶ときくの間に赤ん坊が生まれた。長男の千太郎。一茶五十三歳、きく三十歳。最初の子だった。

「たのもしや」の句、『七番日記』には「小児の成長を祝して」という前書がある。「てんつるてん」は「つんつるてん」に同じ。着物の袖丈（そでたけ）や着丈が、短すぎて手足が突き出してしまっている状態をいう。初袷とは旧暦四月一日の更衣（ころもがえ）を迎えて、はじめて袖を通す袷である。つまり、この句は子どもの初袷がたちまち、つんつるてんになるくらいすくすくと育ってほしいという親の願いである。

ところが運命はそう甘くない。待望の長子だった千太郎は、生まれてひと月もたたない五月十一日、みまかってしまう。

子どもに関してみれば二人の結婚は決して幸福なものではなかった。先の話になるが、千太郎のあと、生まれた長女、二男、三男を次々に亡くしている。

長女　さと　　一八一八年五月生↓一九年六月没　二歳
二男　石太郎　二〇年十月生↓二一年一月没　二歳
三男　金三郎　二二年三月生↓二三年十二月没　二歳

妻のきくも三男の金三郎が亡くなる年の五月、まだ二歳の金三郎を遺し、病気で亡くなる。享年三十七。十年のあわただしい結婚生活だった。〈初袷＝夏〉

手盥（てだらひ）に魚（うを）遊ばせて更衣（ころもがへ）

『七番日記』一八一六年（文化十三）

古典時代（王朝と中世）の中でも中世の隠者たちは結婚もせず、子ももたなかった。西行はすがりつく幼い娘を縁側から蹴りこかして俗世との縁を切り、歌に専念する道を選んだ。

江戸時代前半の芭蕉もそれをまねたので妻も子もなかった。そのようにして芭蕉は実である俗世間から離れ、虚である風雅（文学）の世界の人として生きた。

それに対して江戸時代後半の一茶は五十歳をすぎて三度、結婚し、五人の子をもうけた。一市民である俗人の一茶（実の一茶）と俳諧師である一茶（虚の一茶）が一人の人間の中に同居していた。

ここに問題が生じる。実の世界に立てば俳諧は中途半端になり、虚に徹すれば妻や子に酷になる。考えてみれば、現代の俳人だけでなく文学者が抱えているのと同じ問題を一茶は背負っていた。

生まれてひと月もたたずに亡くなった長男、千太郎について『七番日記』に一茶が書きとめたのは次のとおりである。

四月十四日　晴　上町に入る　菊女、男子を生む

五月十一日　晴　午(うま)の刻より雨　柏原に入る　四月十四日に生まれた男子、寅(とら)の刻、没

「手盥に」の句、衣更えした人のかたわらの小さな盥に魚が泳がせてある。そばに小さな子どもがいるような、どこかしら安らかな初夏の気配が漂っている。〈更衣＝夏〉

湯上りの尻(しり)にべつたりせ（しや）うぶ哉(かな)

『七番日記』一八一六年（文化十三）

子どもの不幸は夫婦仲をこじらせる。一茶のように自分中心の人の場合は甚だしい。妻を労(いた)わるべきところを、もう少し気をつけてくれればこうはならなかったと責める。妻は妻で夫が外ばかり出歩いていないで家にいてくれたらよかったのにとなじる。

八月二日　晴　大風吹く　夕方、菊女、近辺に居らず　古間川まで捜すところ、

見えず　然るところ、家尻に洗濯して居たりしとかや

八月三日　晴　時々雨また風　春挿したる木瓜青々と葉を出したるところ、菊女、一旦の怒りに引きぬく　而してのち、過ちを悔いてまた挿したり　この木再び根つかば不思議なるべしと云々

きくは七日に実家に帰り、翌日、帰ってきた。その夜「五交合」とある。五は回数。十二日、三交。十五日、三交。十六、七、八、九、二十日、三交。二十一日、四交。書きこみはこの日で終わっているが、きくを苛むかのような異様さである。

「湯上りの」の句、端午の節句の菖蒲湯の句である。お湯からあがると、緑の菖蒲の葉が長々と尻に張りついている。千太郎を抱いて入ったかと思いたいところだが、五月五日、一茶は例によって前日から出歩いていて柏原の家にはいなかった。帰宅したのは十一日、千太郎が亡くなる日だった。〈菖蒲湯＝夏〉

形代に虱おぶせて流しけり

『七番日記』一八一六年（文化十三）

司馬遼太郎（一九二三－九六）の『坂の上の雲』は前半は正岡子規と秋山兄弟を中心としたまぶしい明治の青春小説である。ところが、子規の死（一九〇二）を境にして日露戦争（一九〇四－〇五）を舞台としたきなくさい戦争小説に変わる。なぜこうなるのか。

その理由は明治維新（一八六八）の性格にかかっている。明治維新の精神的支柱となったのは吉田松陰（一八三〇－五九）の尊皇攘夷思想である。それは平田篤胤（一七七六－一八四三）の国学の流れを汲む右翼思想であり、明治政府とはじつは右翼政府だったということになる。

尊皇攘夷は維新前夜の混乱期に尊皇開国に形を変えるが、攘夷思想は長く底流としてこの国を支配した。江戸の太平の世は一変して明治以降、日本が頻繁に戦争をしたのはそのせいである。

明治という時代の申し子だった子規は秋山兄弟同様、明治の精神の化身である。『坂の上の雲』は最初から日露戦争へ進む彼らの物語だったのだ。子規は日露戦争の直前に死んだということになる。

「形代に」の句、六月晦日の夏越の祓では人をかたどった形代という紙に身の穢れや禍を託して川に流す。それを「虱おぶせて」、背負わせてといったところが一茶の滑稽である。

この句、伊勢の護物という俳諧師が一八二七年（文政十）に出版した『あしのひともと』（芭蕉の『幻住庵記』の注釈書）では「虱うつして」となっている。〈虱＝夏〉

ふしぎ也生た家でけふの月

『七番日記』一八一六年（文化十三）

一茶はメモ魔だった。『七番日記』には日ごとに天気、行動、訪問客、手紙のやりとり、知人たちの動向、そして膨大な数の俳句が記されている。ここも芭蕉とは異なるところだろう。芭蕉は『おくのほそ道』にしても旅の記録は曾良に任せ、自分は歌仙と句作と『おくのほそ道』の構想に集中していた。

芭蕉に比べれば、一茶のメモ魔ぶりにすでに近代の芽生えをみることもできるだろう。滔々と流れ去る時間を前にして、流れるままに任せておけず、そこに自分の生きたかすかな痕跡をとどめようとする。それがメモであり記録であるとすれば、そこには近代的な精神の働きが潜んでいる。

数十年後、東京根岸の借家で正岡子規は病床に臥しながらメモをとりつづけた。それが昂じて新聞に日々の随想を書きはじめる。こうしてメモと新聞から『墨汁一滴』『病牀六尺』『仰臥漫録』という名随筆が生まれるのだが、その淵源をたどれば一茶にたどりつく。

「ふしぎ也」の句、八月十五日、中秋の名月の句である。この日、一茶ときくはいさかいの渦中にいた。『七番日記』には、

　八月十五日　晴　夫婦月見　三交　留守中、木瓜の挿し木、何者か之を抜く

しばし休戦。この句には不思議な静けさが宿っている。あやしい静けさというべきか。〈今日の月＝秋〉

おとろへや花を折(おる)にも口曲(まが)る

『七番日記』一八一七年（文化十四）

年が明けて一八一七年（文化十四）、五十四歳。このとき一茶にはすでに一本の歯もなかった。門人の描いた一茶の肖像の口もとが落ちくぼんでいるのはそのせいだろう。

『七番日記』一八一一年（文化八）六月十六日に「一茶、歯一本欠ける」とある。それが最後に残っていた一本だった。この年の句文集『我春集』には次の記述がある。

　十六日の昼ごろ、煙管(キセル)の穴が塞(ふさ)がったので竹を麦藁(むぎわら)ほどに削って入れたら抜けなくなった。爪がかかるくらいしか竹が出ていないので仕方なく、欠け残っていた奥歯でしっかり咥(くわ)えて引いたら竹は抜けず、歯がめりめりと抜け落ちてしまった。ああ何たること、私が仏とも頼りにしていた歯だったのに、とんでもないあやまちをしてしまったものだ。

「歯はめり〳〵とぬけおちぬ」。一茶の悔やみようがよくわかる。五十代半ばで歯が全部抜け落ちるなど、現代では滅多にないだろうが、人生五十年、四十歳は翁と呼ばれた時代、珍しいことではなかったはずだ。一茶はすでに老人だった。

「おとろへや」の句、俗に恩人の悪口を言ったり、贅沢なものを食べたりすると口が曲がるという。しかし一茶の場合、歯が一本もないので花を折るにも口もとが歪んでしまうのだ。年寄りじみて、ああいやだ。老残の自分自身への一茶の目は非情である。

〈花＝春〉

かつしかや川むかふから御慶いふ

『七番日記』一八一八年（文化十五）

この年文化十五年四月二十二日、元号は文政に改まる。一茶は十年後の一八二七年（文政十）に六十五歳で亡くなっていて文政時代は一茶の晩年と重なる。

文化（一八〇四－一八）と文政（一八一－三〇）を合わせた二十七年間を文化文政時

代というが、これは第十一代将軍、徳川家斉の治世いわゆる大御所時代（一七八七－一八四一）にすっぽり収まる。家斉は十四歳で将軍になり、五十年後、将軍職を譲ったあとも大御所として五年間、幕政を牛耳った。この五十五年間が大御所時代である。

この間、お上では規制がゆるみ、大奥は華美を極め、下々では貨幣経済の浸透によって文化の大衆化が一挙に進んだ。ここに日本の近代はすでにはじまっていた。とくに文政時代に入ると、江戸の下流の町人たちも文化の担い手に加わってくる。浮世絵を色刷り版画にした錦絵が全盛を迎え、狂歌や川柳が大流行した。

一茶はこの空気を呼吸しながら俳句の大衆化を進めた。俳句の近代もまた明治の正岡子規より早くここにはじまっていた。

「かつしかや」の句、葛飾は江戸と下総の間に広がる水郷地帯で川や水路が網の目のように通う。「川むかふから」とは葛飾風の新年のあいさつ（御慶）である。一茶には江戸在住時代も柏原に移ってからも頻繁に通ったなじみの土地である。ただ、この年の正月は柏原で迎えているから追懐の句である。〈御慶＝春〉

どんど焼どんど丶雪の降りにけり

『七番日記』一八一八年（文化十五）

一茶が近代俳句のはじめなら、近代俳句の創始者とされている正岡子規（一八六七－一九〇二）とはいったい何なのか。当然、検証し直さなければならない。子規は新聞に寄稿した「再び歌よみに与ふる書」（一八九八、明治三十一）の冒頭にこう書いている。

貫之は下手な歌よみにて古今集はくだらぬ集に有之候。

なぜ子規は紀貫之を貶し、『古今集』を腐したのか。写生が大事であることを説くために『万葉集』を推奨する一方、修辞的な『古今集』を排したと考えられている。しかし、この問題を解明するには明治政府の動向をみておかなければならない。

明治政府は天皇親政のモデルをヨーロッパの王国だけでなく、日本の過去の政体にも求めた。しかし江戸、室町、鎌倉の幕府時代も藤原家が摂関政治を敷いた平安時代もふさわしくない。唯一残ったのは奈良時代だった。『古今集』を退けて『万葉集』を推す子規の姿勢はこの明治政府の姿勢と一致する。

伊予藩の出である子規は薩長の造った明治政府の中枢に入ることはできない。政治の世界で断たれた夢を文芸の世界で実現しようとした。子規とはそういう人ではなかったか。

さて「どんど焼」の句、どんど焼の火にさかんに降りそそぐ雪。描かれているのはそれだけだが、新年を迎えて一年の幸せを祈る気持ちがこもっている。〈どんど焼＝春〉

猫の子や秤にかゝりつゝ戯れる

『七番日記』一八一八年（文化十五）

一茶の再評価は正岡子規だけでなく、その前後にも波及する。ひとつは子規が「月並」として一掃した梅室（一七六九－一八五二）ら幕末の俳人たちは、ほんとうにダメな俳人なのかという問題。もうひとつは子規と後継者の高浜虚子らが築いた近代俳句の枠組みの問題である。

高浜虚子（一八七四－一九五九）は子規亡きあと、子規の「写生」をさらに進めた「客観写生」を唱える。子規の「写生」は言葉で描写するという古来、詩歌がやってきた当たり前のことを「写生」という西洋の美術用語で言い直したものだった。ところが、これが「客観写生」となると描く対象は目で見えるものに限定される。いいかえれば日本の詩歌の伝統だった心の世界は「主観」として除外されることになった。その結果、虚子の周辺には目の前のものを詠んだガラクタ俳句があふれることになった。

そこで虚子は新たに「花鳥諷詠（かちょうふうえい）」を唱え、「客観写生」を修正し、俳句に心の世界を取り戻そうとした。この「花鳥諷詠」は芭蕉の「風雅」を虚子風に焼き直したものだった。しかし「風雅」の対象はこの世のすべてだが、虚子の「花鳥諷詠」は花鳥に限られる。「客観」にしろ「花鳥」にしろ、言葉は言えば言うほど窮屈になる。

「猫の子や」の句、無邪気な子猫の姿をいきいきと描く。「かゝりつゝ」とは生きもののように動く秤に子猫がじゃれて手をかけようとしているところ。秤に乗せられているのではない。〈子猫＝春〉

手にとれば歩(あるき)たく成る扇哉(あふぎかな)

『七番日記』一八一八年(文政一)

虚子の話をつづけよう。虚子は「客観写生」を修正するために「花鳥諷詠」を唱えた。このとき、なぜ「客観写生」を取り下げなかったか。それは「客観写生」が子規の唱えた「写生」の文字を含んでいて、近代俳句の創始者である子規の直系を証明する看板だったからである。この虚子の態度はきわめて政治的である。

重要なのは「客観写生」「花鳥諷詠」という二つの四文字熟語が全国に広がる弟子や孫弟子たちを束ねる標語の役目を果たしたことである。一茶にはじまった俳句の大衆化は百年後の虚子によって大衆を束ねる方法を獲得したことになる。

去年(こぞ)今年(ことし)貫く棒の如きもの　虚子

虚子は自由自在な句を残した。それがすべての弟子よりずば抜けているのには理由がある。弟子たちは「客観写生」「花鳥諷詠」という標語に縛られたが、虚子だけは自分が作った標語に縛られなかった。魔法使いだけが自分の魔法にかからないのと同じである。

問題はこの近代俳句の枠組みが何の検証も加えられず、今なお通用していることである。俳句百年の怠慢といわねばならない。

「手にとれば」の句、扇には人の心を軽やかにする不思議な力が宿っているかのようである。五月四日、長女のさとが生まれた。前年からそれはわかっていたはず。この年の句が軽快で明るいのはそのためだろう。〈扇＝夏〉

目出度(めでた)さもちう位也(くらゐなり)おらが春

『おらが春』一八一九年（文政二）

年が改まって一茶はこの年の正月を妻きく、昨年五月に生まれた長女さととともに迎えた。『おらが春』はこの一年の句文集である。一茶すでに五十七歳。さとを失って悲嘆にくれる姿をとどめる晩年の代表作である。文学とはやりきれないもので、ここでもまた嘆きとひきかえに名作がもたらされた。

「目出度さも」はその巻頭の一句。「昔たんごの国普甲寺といふ所に」とはじまる前口上には、極楽往生を願うあまり元日に浄土からのお迎えをみずから演出して感涙にむせぶある上人の話をつづったあと、一茶自身の年頭の思いを記している。

　その上人とはちがって我々は俗塵に埋もれて世を渡る境涯とはいうものの、鶴や亀になぞらえためでた尽しをいうのも、さすがに大晦日の厄払いの乞食みたいで空々しいと思う。そこで空っ風が吹けば飛ぶような屑家は屑家らしく、門松も立てず煤払いもせず、雪の山路が曲っていれば曲っているままに、今年の春も阿弥陀如来にただおすがりして（あなた任せに）迎えたことだ。

そして、この句がある。三年前に千太郎をなくしたが、今年はさととともにいる。苦労は重ねたが、今は家も妻子もある。人生は願ったほどよくもないが、恐れるほど悪くもない。それが句の「ちう位」だろう。半年後、そのさとまでも死の手に奪われ

ようとは誰が知りえたろうか。〈おらが春＝春〉

衣替て居て見てもひとりかな

『八番日記』一八一九年（文政二）

一茶が生きた大御所時代が日本の近代のはじまりなら、明治維新とは何だったのか。それは遅れて訪れた政治の近代化であり、新体制が推進した西洋化のはじまりだった。

江戸時代前半（天明の大飢饉まで）　古典主義の時代

・貞門・談林（言葉遊び）

・芭蕉（蕉風開眼によって俳句に心の世界を開く）

・蕪村（古典主義の最後の俳人）

江戸時代後半（天明の大飢饉から）　大衆化＝近代化のはじまり

・一茶（近代俳句のはじまり）

・蒼虬（そうきゅう）、鳳朗（ほうろう）、梅室ら幕末の俳人（子規に「月並」と一掃される）

明治・大正・昭和　西洋化の時代

・正岡子規（「写生俳句」の提唱）

・高浜虚子（大衆を束ねる方法の完成）

このあとにつづく現代俳句はさらに大衆化が進んで拡散、解体しつつあるのだが、その原点は二百年前の一茶の時代にある。現代俳句の抱える問題を克服し、新しい道を探るには子規や虚子ではなく一茶から検証しなければならない。

「衣替て」の句、夏の袷（あわせ）に替えて衣が軽くなったからだろう、この世に自分一人の思いをかみしめている。このとき一茶のもとには妻きくも一歳のさともいたが、この「ひとり」は二人がいても感じる「ひとり」である。〈更衣＝夏〉

蟻（あり）の道雲の峰よりつゞきけん

『おらが春』一八一九年（文政二）

一茶と同世代の俳人に乙二（一七五六－一八二三、陸奥白石）、月居（一七五六－一八二四、京）、道彦（一七五七－一八一九、仙台）、巣兆（一七六一－一八一四、江戸）らがいる。

山彦もぬれん木の間ぞ雪雫　乙二
夏霧にぬれてつめたし白い花
ひとむしろ内儀ばかりや門涼　月居
うら枯の中に水なき大河かな
ゆさ〳〵と桜もてくる月夜かな　道彦
家ふたつ戸の口見えて秋の山
田やかへすべたら〳〵と谷の底　巣兆
ひるがほに足投かけし植女かな

四人とも大衆化の進む大御所時代（一七八七－一八四一）を生きた。なかでも道彦と巣兆は年長の成美とともに当時の江戸の三大家ともたたえられた。

にもかかわらず、この中で一茶だけがずば抜けているのはなぜか。それはほかの四人が前時代の古典主義の情緒をいまだに引きずっているのに対して、一茶にはそれがない。古典とは離れたところで新しい世界を開拓しているからである。

「蟻の道」の句、これほど雄大かつのびのびと蟻の行列を詠んだ句は一茶の前にも後にも見当たらない。〈蟻＝夏〉

大螢ゆらり〳〵と通りけり

『八番日記』一八一九年（文政二）

一茶の句はしばしば子ども向け俳句と侮（あなど）られてきた。たとえばこのような句である。

瘦（やせ）蛙（がへる）まけるな一茶是（これ）に有（あり）　『七番日記』
我と来て遊べや親のない雀（すずめ）　『おらが春』
雀の子そこのけ〳〵御馬が通る　『八番日記』

蛙や子雀、たいていは小動物を漫画風に描いた句である。

「子ども向け」ということは子どもにもわかるということだ。あらためて考えてみれば、これはすばらしいことではないか。古典文学の知識などない子どもにもわかる。もちろん大人にもわかる。誰にでもわかるということは一茶が大衆化の時代の俳人であった何よりの証しだろう。

ただし一茶には小さな動物たちの表情をもっとみごとにとらえた句がいくつもある。

猫の子や秤（はかり）にかゝりつゝ戯（ざ）れる　『七番日記』
猫の子のちよいと押へる木の葉かな　『八番日記』
おんひら〳〵蝶（てふ）も金（こん）ぴら参哉（まゐりかな）　『文政句帖』
じつとして馬に鼾（かが）るゝ蛙哉（かはづかな）

「大螢」の句もそうである。「ゆらり〳〵と」とは螢の飛び方の描写だが、この蛍の気分まで描きだす。美しい夏の夜をほろ酔うてでもいるかのようにゆらりゆらりと飛

んでゆく。〈螢＝夏〉

米国（こめぐに）の上々吉の暑さかな

『八番日記』一八一九年（文政二）

芭蕉は晩年、江戸で古典離れを試みた。その成果が俳諧選集『炭俵』である。芭蕉がここで歌仙の連衆に選んだのも『炭俵』の編者にすえたのも、野坡ら日本橋の両替商越後屋の手代たちだった。今なら大銀行の部課長。古典より算盤（そろばん）が得意な人々だった。

芭蕉と野坡の二人歌仙「むめがゝにの巻」初折裏の前半をみると、

御頭（おかしら）へ菊もらはるゝめいわくさ　野坡
娘を堅（かた）う人にあはせぬ　芭蕉
奈良がよひおなじつらなる細基手（ほそもとで）　野坡

ことしは雨のふらぬ六月　芭蕉
預けたるみそとりにやる向河岸(むかふがし)　野坡
ひたといひ出すお袋の事　芭蕉

野坡は何かといえばすぐお金がらみの句を出してくる。芭蕉はそれに合わせようとしている。ここには古典の引用も面影もなく、ただ世情が次々に写し出されてゆく。一茶の句はこの越後屋の手代たちの言葉の延長線上にある。野坡は仕事がら経済に関心があり、一茶は農民であるから農業に関心がある。それぞれにとっての日常の言葉である。

「米国の」の句もそのひとつ。いくら暑い暑いとあえいでも、米の生産国にとっては恵みの暑さである。「上々吉」は秋の豊作まちがいなしの大鼓判である。〈暑さ＝夏〉

露の世は露の世ながらさりながら

『おらが春』一八一九年（文政二）

六月二十一日、長女のさとが疱瘡（天然痘）で亡くなった。二歳（満一歳）、かわいい盛りだった。一茶夫婦は三年前の千太郎についで子を二人も亡くしたことになる。『八番日記』によれば、さとは六月二日に発病、いったん恢復するかにみえたが、二十一日、はかなくなった。

　六月二十一日　晴　夕方、墓に詣づ　サト女、世に居ること四百一日　一茶、見新百七十五日　命なる哉　今巳の刻、没す　未の刻、葬る　夕方、斎ふるまひ

この年の句文集『おらが春』には嘆きの文がつづられている。

　二三日たつと疱瘡は乾きはじめ、雪解けの土がほろほろと落ちるように瘡蓋がとれたので大喜びして、桟俵に笹で酒湯を振って疱瘡神を送り出したのだけれども、ますます衰弱して一日ごとに希望は消え、ついに六月二十一日、朝顔の花とともにしぼんでしまった。母は死顔にとりすがって、よよと泣き崩れているのも仕方

ない。こうなってしまったからには行く水がふたたび帰らず、散る花が梢に戻らないのを悔いるようなものとあきらめ顔をしてみても、思い切れないのはやはり親子の絆だった。

つづけて「露の世は」の句がある。露のようにはかない世であることは重々承知しているが、それにしてもこれほど小さな命を奪うとは何という仕打ちだろうか。〈露＝秋〉

ともかくもあなた任せのとしの暮

『おらが春』一八一九年（文政二）

一茶の句のよさを一言でいえば、のびやかさである。娘さとの死を前にして詠んだ「露の世は」はその典型だろう。一茶の句の無上のともいうべき、こののびやかさはどこから来たか。

ひとつは江戸時代前半の古典主義から解き放たれた自由さである。芭蕉は死に目に会えなかった母の白髪を目の当たりにして、

手にとらば消ん（きえん）なみだぞあつき秋の霜

と詠んだ。白髪を霜にたとえる古典文学の約束を踏んでいて、この句の重々しさはそこから来ている。さらに芭蕉が母の白髪を見たのは秋だったので「秋の霜」としている。「髪の霜」としたかったところだろう。ここで芭蕉は古典と季節に縛られている。

これに対して一茶の句は何の古典も踏まえない、すらすらと口を衝（つ）いて出た日常の言葉の句である。また、さとが死んだのは夏の六月だったのに秋の季語である露の句にしている。ここで一茶は古典ばかりか季節にもとらわれていない。晩年の芭蕉がめざした古典離れのひとつの形がここにある。

「ともかくも」の句もまた「露の世は」同様、のびのびと詠まれている。今年も「あなた任せ」、阿弥陀（あみだ）様にお任せして暮れてゆく。「ともかくも」とは幼いさとを失ったものの。「露の世は露の世ながらさりながら」の「さりながら」（とはいうものの）と同じ意味である。『おらが春』の最後に置かれた句である。〈年の暮＝冬〉

象潟(きさがた)や桜をたべてなく蛙(かはづ)

『版本題叢』一八二〇年（文政三）

一茶の句ののびやかさは、ことに晩年はっきりと表われる。

大螢ゆらり〱と通りけり　五七歳

おんひら〱蝶(てふ)も金(こん)ぴら参哉(まゐりかな)　六二歳

やけ土のほかり〱や蚤(のみ)さはぐ　六五歳

こうした句を度外視して「子ども向け」だの「ひねくれ者」だのいう人はほんとうの一茶の見えない人だろう。

一茶ののびやかさの理由のひとつは前時代の古典主義から解放されていたことにあるが、もうひとつの理由は一茶が次の時代（明治以降）の「写生」「客観写生」「花鳥諷詠（ふうえい）」などという俳句の大衆を束ねるお題目からも自由であったことである。

一茶に比べると明治以降の俳句の何と不自由なことか。ここにあげた一茶の句を後世の評語で「客観写生の手本」「花鳥諷詠の極致」などという人は一茶を見ようとしない我田引水の人である。

「象潟や」の句、「桜をたべて」とはおかしい。象潟（秋田県）は桜の名所。芭蕉が『おくのほそ道』で訪れたときは入り海だったが、一八〇四年（文化一）の地震で隆起して陸地になった。『七番日記』一八一一年（文化八、四十九歳）では、

象潟や桜を浴（あび）てなく蛙

となっているが、その改作。このとき一茶五十八歳。この十年で一茶はいよいよ自在になった。〈桜／蛙＝春〉

あさら井や小魚（こうを）と遊ぶ心太（ところてん）

『発句題叢』一八二〇年（文政三）

一茶の句の最大の特長であるのびやかさに加えるならば、ひとつはわかりやすさであり、ひとつはある種の深みである。それは芭蕉の句の深みとはちがって、日常のふつうの言葉の深みである。

一茶の句は一読すれば立ちどころにわかる。芭蕉の句は古典を踏まえているために古典を知っていないといけない。大衆化の時代を生きた一茶の句にはこれがない。古典を知らなくてもわかる。

言葉は伝えたいことを伝えるための術（すべ）であるから、通じない言葉はゼロに等しい。俳句も同じく、わからない俳句はゼロである。自由に詠めば詠むほど俳句はわかりにくくなる恐れがあるのだが、一茶の句にはそれの危うさがない。

次に深みについて。わかりやすくしようとすればするほど、句は説明的になり、浅くなる。芭蕉が使った古典はじつは句に深みをもたらす仕かけだった。ところが、古典に疎（うと）かった一茶は、古典の代わりにありふれた言葉を使って深い表現をなしとげている。

のびやかさ、わかりやすさ、日常語の深み。この三つは互いに矛盾するのだが、一茶の句では奇蹟(きせき)的に調和している。現代俳句の理想のひとつがここにあるだろう。「あさら井」とは川や池などの浅いところ。この句、「小魚と遊ぶ」で切って読む。心太を食べながら、浅瀬で小魚を追いかけて遊ぶ子どもを眺めている。一茶は前年亡くしたさとの面影を探っているのだろう。深みとはこのことである。〈心太＝夏〉

冷汁(ひやじる)やさつと打込(うちこむ)電(いなびか)り

『八番日記』一八二〇年（文政三）

『七番日記』にも『八番日記』にも夥(おびただ)しい数の俳句が記録されていて、その大半が駄句である。もちろん書きとめながら推敲(すいこう)を重ねているという側面もないではないが、言葉を少しだけ入れ替えた句や同じ発想の句が次々に出てきて読者はうんざりしてしまうだろう。

芭蕉が生涯に詠んだ句は千句も残っていない。蕪村は三千句。ところが一茶になると二万二千句も残している。ちなみに正岡子規は二万四千句、高浜虚子は何と二十万句である。一茶以降、俳句の大衆化が進むにつれて一人の俳人の詠む俳句の数は膨れ上がったということになる。

一茶の俳句の特長は、のびやかさ、わかりやすさ、そして日常語の深みの三つだが、このうち最後の「深み」を欠いたとたん、駄句の山を築きあげることになった。子規、虚子の時代に入ると「写生」「客観写生」が唱えられ、目の前のものを写しさえすれば俳句になるという悪しき風潮が生まれ、さらに巨大な駄句の山を築くことになる。

さて「冷汁」は味噌汁やすまし汁を冷やした夏の汁ものである。その中へ「さつと打込む」といえば、稲妻の切っ先が冷汁の椀に躍りこんでくるかのようだ。小（椀の冷汁）と大（天空の稲妻）を一気に結び合わせる手法。

蟻の道雲の峰よりつゞきけん　『おらが春』

この句にも通じる大胆さを宿している。〈冷汁＝夏〉

名月や山の奥には山の月

『発句類題集』一八二〇年（文政三）

江戸時代前半は古典主義の時代だった。芭蕉は長い内乱によって滅んだ王朝、中世の古典文学を俳諧という新しい文学として復活させようとした。芭蕉の句に引用され、面影とされた古典は芭蕉の句の世界に深みと奥行き、そして何よりも格調をもたらした。

月さびよ明智(あけち)が妻の咄(はなし)せん

芭蕉がある若い門人の家に泊まったとき、その妻のこまやかなもてなしをたたえて詠んだ句である。その昔、明智光秀が連歌会を開こうとしたとき、妻は夫のためにひそかに髪を切って金に換え、客たちをもてなした。古典というほどではないが、この句はその話を引用することで月の一夜の時空を広げ、なつかしいものに変えている。

江戸時代後半の大衆化の時代の一茶は古典文学を使うことができなかった。一茶自身が古典にくわしくなかったし、もし使ったとしても当時の大衆には理解できなかっただろう。

古典から解放された一茶に残された唯一の道は日常の言葉を深めることだった。そしてそれに失敗したとき、駄句の山を築くことになる。一茶が抱えていた問題は現代俳句の問題と同一である。

「名月や」の句、月の名所で見るのだけが中秋の名月ではない。山の奥には山の奥なりの名月がある。それも月の名所に劣らず、いいものだ。この開き直りこそ大衆化の時代を生きた一茶の精神というものだった。〈月＝秋〉

猫の子のちよいと押へる木の葉かな

『八番日記』一八二〇年（文政三）

『八番日記』のこの年八月には子猫の句が二句書いてある。この句ともうひとつは、

猫の子のくる〳〵舞(まひ)やちる木のは

前句は木の葉を押さえる可憐(かれん)な手つき、後句は舞い散る木の葉をとらえようとする無邪気な姿。どちらも木の葉を生きものと思ってじゃれかかる子猫をいきいきと描く。このような句を「写生句のさきがけ」などとほめる人がいるが、それは見当違いである。

ものの姿を言葉で描くこと。描写という働きは言葉の誕生とともに言葉にそなわっていたものである。ところが、明治になって正岡子規は俳句には写生が大事であると主張した。西洋絵画の方法である「写実」（リアリズム）にならったものだった。

一茶の時代、社会の大衆化が進み、日本の近代がすでにはじまっていたが、半世紀後、明治政府は西洋の模倣（西洋化）をはじめた。子規による写生の主張は暗にこの政府の方針にそった俳句の方法の西洋化にほかならない。

子規の写生は言葉の描写の働きを西洋風にいいかえただけならよかったが、俳句は写生さえすればできるという誤解を大衆に広めることになった。その結果、ものを描くだけで命のないガラクタ俳句を量産することになる。一茶の子猫の句は言葉にはじめから備わっている描写力によって命を得ている。〈木の葉＝冬〉

づ（ず）ぶ濡（ぬれ）の大名を見る炬燵（こたつ）哉（かな）

『八番日記』一八二〇年（文政三）

古典文学はなぜ俳句に奥深さをもたらすか。この問題は言葉そのものの働きにさかのぼって考えなければならない。

言葉にはものを指し示す働きのほかに、ものを記憶する働きがある。この二つの働きがあってはじめて言葉による表現が可能になる。そして言葉の記憶が集積したもの、それが古典なのだ。

花といっただけで西行の花を思い出し、月というだけで光源氏が眺めた須磨の月を思うというのが古典の働きというものである。これが俳句に奥深さをもたらすことになる。

芭蕉は記憶装置としての古典を生涯にわたって駆使した。たしかに晩年の一時期、『炭俵』の時代に古典離れを試みたが、結局これに失敗するのは記憶するということが言葉の本質であり、その典型である古典が芭蕉と一体に融合していたからである。

一茶が古典文学に疎く、自分の俳句の淵源（えんげん）とすることができなかったのは、結果として大衆化の時代にふさわしい素質のひとつではあったにせよ、言葉の記憶を十分に使えなかったということでもある。大衆化の時代、つまり日本の近代最初の大俳人といっても、芭蕉とはまた別の山脈の別の峰といわなければならない。

「づぶ濡の」の句は、雨中の大名行列を炬燵で温もりながら眺めている図。一茶が「つひの栖（すみか）」とした信州柏原は中山道の宿駅。北陸一帯の大名の参勤交代の経路だった。〈炬燵＝冬〉

行々子（ぎやうぎやうし）大河はしんと流れけり

『文政句帖』一八二二年（文政五）

この「新しい一茶」は新進の一茶研究者、大谷弘至（一九八〇－）が選んだ一茶の百句をもとに書いている。そのうちもっとも句が充実しているのは『七番日記』（一八一〇―一八）、『八番日記』（一八一九―二一）の時代、四十代末から五十代にかけてである。一茶は六十五歳で世を去るが、六十代の六年間から選んだ句は多くない。六十歳前後のできごとを記しておきたい。

一八二〇年（文政三、五八歳）十月、次男石太郎が誕生。一茶自身は雪道でころんで中風（脳血管障害）になった。

一八二一年（文政四、五九歳）正月早々、石太郎が母きくに負ぶわれていて窒息死。わずか三か月の命だった。

一八二二年（文政五、六〇歳）三月、三男金三郎が誕生。

一八二三年（文政六、六一歳）五月、妻きく死去。三七歳。十二月、金三郎死去。二歳。

「めでたさも中くらい」どころか惨憺（さんたん）たる人生だった。一茶の悲惨はまだまだつづくが、それはあとに回したい。

「行々子」の句、思い出されるのは三十年前の句である。

しづかさや湖水の底の雲のみね　『寛政句帖』

どちらも夏の昼の静寂を詠んでいるが、三十年前の句は琵琶湖での句、一方「行々子」は関東平野の大河の面影がある。いちめんの蘆原で行々子（葭切）がしきりに鳴いている。〈葭切＝夏〉

春立や愚の上に又愚にかへる

『文政句帖』一八二三年（文政六）

『文政句帖』は一八二二年（文政五）から一八二五年（文政八）、一茶六十歳から六十三歳まで四年間の句日記である。その冒頭（一八二二年正月）に次の文章がある。

釈迦は明けの明星を見て四十九年間（じっさいは三十五年間）の人生の誤りに気づき、悟りの道に入りたもうたとか。それにひきかえ粗野な凡人（荒凡夫）の自分などは五十九年間も暗い闇から暗い闇に迷って、はるかに照らす月の光を頼りにする力量もなく、たまに思い立って誤りを改めようとしても（中略）ますます迷いに迷いを重ねることになってしまった。ほんとうに諺にいうとおり、馬鹿者（愚）につける薬などないので、これからさきも馬鹿者のまま、馬鹿者でありつづけることを願うばかりだ。

「なほ行末も愚にして、愚のかはらぬ世をへることをねがふのみ」。この一文を読めば、翌年一八二三年（文政六）の新春詠「春立や」の句はわかる。文も句も一茶一流の「荒凡夫」としての開き直りである。

この年の正月の冒頭に次の文章がある。

不思議なことに今年六十一の春を迎えることになろうとはじつに目の見えない亀が浮木にめぐりあう喜びにもまさっている。だからこそ無能無才も、どうして長寿の薬のようである。

無能無才だからこそ長寿を授かったというのである。一茶は何よりも自分の健康と

長寿に執着している。〈春立つ＝春〉

鶏の坐（座）敷を歩く日永哉

『文政句帖』一八二三年（文政六）

一茶は三十代から六十五歳の死まで十冊を超える句日記を残した。主なものをあげると、『寛政句帖』『享和句帖』『文化句帖』『七番日記』『八番日記』『文政句帖』など。芭蕉の『猿蓑』をはじめ俳諧選集が選という批評を経た文学作品であり、芭蕉以外の俳人の句も収録しているのに対して、一茶の句日記は文字どおり自分の句の記録であり控えである。

一茶は江戸時代半ばに誕生した近代の市民だった。貴族や武士が少なくとも表向きは公の人であったのに対して、市民は自分と家族のことだけを考えていればいい私人である。この無数の市民のわがままな欲望が集まって、アダム・スミスの言葉を借りれば「神の手」の導きによって社会は繁栄へ向かうというのが近代市民社会を支える基本的な考え方だった。

　一茶の自分中心の考え方はこの近代市民社会の考え方と波長が合っている。一茶がしばしば使った「おらが春」という言葉は何よりもそれを象徴している。「おらが春」の「おら」は「おのれ」であり、公を表わす「世」に対する言葉である。一茶にとっては「世の春」などより「おらが春」を謳歌(おうか)することこそ大事だった。

「鶏の」の句、庭に放しておいた鶏が家人の目を盗んで座敷に上がって畳の上を歩いている。留守なのか、追い払おうとする人もいない。ある日の一農家の泰平ぶりを描いている。〈日永＝春〉

もとく　の一人前ぞ雑煮膳

『文政句帖』一八二三年（文政六）

日本の近代のはじまりを一茶より半世紀早い蕪村（一七一六－八三）の時代と考える人もある。

牡丹（ぼたん）散つて打かさなりぬ二三片

このような句の絵画性に正岡子規が唱える写生の先例をみ、

愁ひつゝ岡にのぼれば花いばら

このような句にただよう憂愁に近代の憂鬱のさきがけをみるからである。また次のような各種の詩型を駆使した「春風馬堤曲（しゅんぷうばていきょく）」に近代詩への模索をみてとるからである。

堤ヨリ下テ芳草ヲ摘メバ　荊（けい）ト蕀（きょく）ト路ヲ塞ゲリ
荊蕀何ノ妬情ゾ　裙（くん）ヲ裂キ且ツ股（こ）ヲ傷ツク

しかし蕪村がなみなみならぬ芭蕉の信奉者であったこと、そして蕪村自身、日本や中国の古典文学への造詣が深かったことを考えれば、近代という大衆化の時代の人というより古典主義の時代の最後の人とみるべきだろう。

さて一茶は前年、妻きくと三男金三郎を相次いで失った。「もと〳〵の」の句はそうして迎えた新年の句である。妻を亡くし、わが子を四人とも亡くしたとはいっても、十年前、きくと結婚する前は一人だったではないか。母も父も亡くし、継母と弟には疎まれ、正月にはこうして一人きりで雑煮を食っていたではないか。もとの黙阿弥とはいうものの、もとの姿に返っただけのこと。〈雑煮＝春〉

おんひら〳〵蝶も金ぴら参哉

『文政句帖』一八二四年（文政七）

正岡子規が唱えた「写生」は西洋絵画の写実主義（リアリズム）をまねたものだったが、子規は日本古来の詩歌のなかにも写生の手本を見つけようとした。そして選び出したのが短歌では『万葉集』、俳句では芭蕉の弟子の凡兆（?－一七一四）であり蕪村だった。

かさなるや雪のある山只の山　凡兆

なが〳〵と川一筋や雪の原

菜の花や月は東に日は西に　蕪村

不二ひとつうづみ残してわかばかな

子規は凡兆や蕪村の印象鮮明な句に写生の実例を見出して、西洋絵画由来の写生を日本古来の詩歌に位置づけようとした。

しかしこれは筋違いである。言葉は本来、描写の機能をそなえているものであり、凡兆、蕪村の句はこれでできている。それなのにそこだけを写生と強調すればむしろ弊害のほうが大きい。案の定、子規の写生は目の前のものをありのままに描けば俳句ができるという誤った考えを大衆に広めることになった。

一茶の句も写生以前の句である。金比羅さんの参道を舞う蝶を描いているが、大事なのは一羽の蝶に託された浮き立つ思いである。「ひら〳〵」に「おん」（御）をつけて春風のように自在な詠みぶり。三十代の西国行脚の思い出だが、自在さをもたらしたのは三十年の歳月だろう。目の前のものを詠んだ句ではない。〈蝶＝春〉

じつとして馬に齅(嗅)る、蛙哉

『文政句帖』一八二五年（文政八）

正岡子規の嫡流であろうとした高浜虚子（一八七四－一九五九）は子規の「写生」に「客観」をかぶせて「客観写生」を唱えた。これが俳句にさらに混乱をもたらすことになる。

言葉には本来、主観も客観もない。言い方を変えれば主観と客観の入り交じったものである。そこに誰かが主観を立てれば客観が生まれ、客観を立てれば主観が生まれて言葉は分裂に向かう。虚子の唱えた「客観写生」がまさにそれだった。俳句から主観的な要素を排斥するようになり、ガラクタ俳句を量産することになった。

それにすぐ気づいた虚子は「花鳥諷詠」を唱えて修正を加える。しかし、これも俳句の対象を花鳥に限定するという別の弊害を生んだ。標語はナイフであり、立てれば立てるほど分裂が進む。

ではなぜ虚子は生涯いくつもの標語を作ったか。俳句の大衆を指導する、いわば大衆を束ねる言葉が必要だったからである。大衆の側にも問題がある。大衆は自由を欲しているようにみえて、じつは自由を恐れている。ここに一茶の時代にはじまった大衆俳句の最終的な姿があった。虚子は俳句の大衆化の時代の最後の人だった。

「じつとして」の句、馬に食われはしまいかと冷や汗をかいている蛙。小さな動物に感情を移入して戯画に仕上げる。一茶お手のものの芸である。そこには小心な一市民である一茶自身の姿も影を落としているだろう。〈蛙＝春〉

けし提（さげ）てけん（喧）嘩（くわ）の中を通りけり

『文政句帖』一八二五年（文政八）

一八二四年（文政七）以降、一茶の身に起きたこと。

一八二四年（文政七、六二歳）前年に妻きくを亡くした一茶はこの年五月、飯山藩士の娘ゆき（三八歳）と再婚した。ところが八月、離縁。閏（うるう）八月、中風（脳血管障害）が再発し、今度は言語不自由になった。

一八二五年（文政八、六三歳）十二月、家政婦を雇う。

一八二六年（文政九、六四歳）八月、柏原の商家の乳母やを（三二歳）と三度目の結婚。やをの二歳の男子も同居。

「けし提て」の句、すぐ思い出すのは蕪村の句である。

葱買て枯木の中を帰りけり

正岡子規のもとで開かれていた蕪村句集講義では、この句の主人公について蕪村自身か他人かという議論があったが、こうした点が問題になること自体、明治という時代の滑稽なところである。葱を買って枯木の中を帰るのが誰であろうと構わない。枯木の林の道をゆく葱の鮮やかな緑（上方の葱は青い）がちらちら見える。この色合わせの妙こそ画家だった蕪村の描こうとしたものだった。

これに対して一茶の句は真赤な芥子の花が喧嘩する男たちの間に見えるのだが、一茶の狙いは色彩より喧嘩の活気にある。芥子の赤はその威勢の焦点として点じてある。

当然、江戸の大通りでの喧嘩である。江戸以外では句が湿気てしまう。〈芥子＝夏〉

淋(さび)しさに飯をくふ也(なり)秋の風

『文政句帖』一八二五年（文政八）

写生を唱えた正岡子規はその返す刀で幕末の俳人たちを「月並調」として切り捨てた。

天保（一八三〇－四四）以後の句は概ね卑俗陳腐にして見るに堪へず。称して月並調といふ。

（『俳諧大要』）

月並調とはここにあるとおり卑俗陳腐な俳句のことである。江戸時代末期、芭蕉の死（一六九四）から百五十年が経過したのに芭蕉を慕うあまり芭蕉の神格化が進んでいた。神格化とは批評を許さず、ひたすら崇(あが)め祀(まつ)る形骸化のことだった。

芭蕉の古典主義の土壌はとうに失われ、すでに大衆社会が出現していた。にもかかわらずそれに気づかない、あるいは対処のすべを知らない俳人たちが大勢いたということである。

この点、子規が旧派の俳人たちを月並調として一掃したことは当時の古典主義の幻想を打ち砕いたことになる。ただ子規の行動は犠牲を伴った。たとえば梅室（一七六九－一八五二）。

元日や人の妻子の美しき

梅室はこのような大らかにして繊細な句を残していて、名誉回復の待たれる一人だろう。

一茶の句の「さびしさ」とは芭蕉の宇宙的なさびしさではなく、一市民のさびしさである。二人目の妻は離縁し、中風で言葉もかなわない、そうしたさびしさである。

〈秋風＝秋〉

花の陰寝まじ未来が恐しき

『文政十年句帖写』一八二七年（文政十）

ここから一茶最後の年一八二七年（文政十）に入る。三人目の妻やをと孫のような連れ子と三人で暮らしている。そして十一月、六十五歳で亡くなる。

一茶の辞世の句はどれか。辞世とは目前に現われた死神を睨(にら)みつけながら、あるいは微笑(ほほえ)みを浮かべて迎え入れながら詠む一句と思われているが、そうとばかりもかぎらない。

ねがはくは花のしたにて春しなんそのきさらぎのもちづきのころ

西行は死の何年も前にこの歌を詠んだが、辞世の趣きがある。

旅に病で夢は枯野をかけ廻(めぐ)る

芭蕉の死の数日前の句であるが、辞世の顔をしている。

このような例をみると、人は死ぬものであり、自分も必ず死ぬものであるという死の自覚をもって詠んだ句は、たとえ死をはるかにしていようとも辞世だろう。「花の陰」はこの年の桜のころの句。死はまだ半年以上も先の冬のことだが、すでに死を自覚して詠んだ辞世の句である。

まず目をひくのは「未来」という言葉である。今は将来という意味で使うが、ここでは人が死んで生まれ変わる来世という意味の仏教用語である。西行は花の下で死にたいと願ったが、おれは花の下で居眠りでもして夢に来世が見えでもしたらおそろしい。来世、つまり死に対する小心な一市民の恐怖である。〈花＝春〉

やけ土のほかり〳〵や蚤(のみ)さは(わ)ぐ

書簡　一八二七年（文政十）

不思議な夢を見た。一八二五年（文政八）十月十八日、一茶は門人で高山村(たかやまむら)紫の大地主、春耕のもとに泊まっていて故郷の柏原が炎に包まれる夢を見た。それを春耕に話したにちがいない。

二年後の一八二七年（文政十）閏六月一日、柏原で大火が起こり、一茶が「つひの栖」と喜んだ家も焼失してしまう。妻やをとその子と三人、焼け残った土蔵で暮らすことになった。この土蔵こそ一茶の「つひの栖」となるのである。このことを春耕に知らせた手紙が残っている。

御安清奉賀。されば私は丸やけに而是迄参り候。此人田中（湯田中）へ参り候。私参候迄御とめ可被下候。右申入度、かしく。

(閏)壬六月十五日節

土蔵住居して

やけ土のほかり〳〵や蚤さはぐ

紫春　畊大人　　　　一茶

この手紙を携えて近くの湯田中温泉にゆく人（此人）を私がゆくまで逗留させてくれという文面であり、「されば私は丸やけに」の「されば」とは二年前の夢のとおりという含みがある。

「やけ土の」の句、土蔵の土間に藁を敷いて寝ていたか、火事のほてりで土がほかほかするものだから、蚤どもがざわざわと騒いでしようがない。俳句は嘆きも笑いに変える。〈蚤＝夏〉

更衣松風聞に出たりけり　遺稿　一八二七年（文政十）

一茶はこの年十一月十九日、焼け残った土間で中風（脳血管障害）のため亡くなった。小丸山の小林家の墓に葬られた。六十五歳。

その年のうちに門人の文虎が書いた『一茶翁終焉記』からそのくだりを引く。

こうして長月（旧暦九月）のころ、菊におく露がみごとなのでとしきりに各地の門人たちに招かれて、例の籠に乗ってあちこちへ句を詠みに出かけ、霜月（旧暦十一月）八日、柏原の土蔵へ帰られたときには顔色もよかったのだが、十九日、どことなく具合悪げにみえると案じているうち、申の刻（夜十時）ごろ、南無阿弥陀仏を一声唱えたきり、み仏のもとへ逝ってしまった。

門人や知人もいよいよかと急ぎ集り、たがいになすすべもなく膝を連ねて、死を嘆いたり運命を恨んだりして思いの丈を口にしたところで枯野の露と同じく何の足しにもならない。そういってばかりもいられないので、菩提寺の明専寺の上人を導師として荼毘に付し野辺の煙にした。

「更衣」の句、一茶にしてはアクの抜けたさらりとした風合いの句である。一茶の死後に残された未整理の原稿から見つかった句で、この最後の年の句か決められない。後日譚。一茶の死の翌年四月、妻やをに娘やたが生まれた。一茶六十五歳の子である。人生は悲惨だが、滑稽である。〈更衣＝夏〉

全集版あとがき

近代俳句は一茶からはじまる

西洋の近代の幕開けを告げたアメリカ独立戦争（一七七五－八三）とフランス革命（一七八九－九九）と同じ時代、東洋の日本でも徳川家斉の大御所時代（一七八七－一八四一）に近代がはじまっていた。

江戸時代も後半に入って幕府財政は破綻寸前。それを横目に家斉は贅沢三昧。半世紀以上もつづいたお上の気風は当然、江戸の町内へ、さらに全国の諸藩へと水のように波及していった。貨幣経済の浸透によって庶民まで小金をもつようになり、文化や芸事に手を染めはじめた。ここに大衆文化の大輪の花が一夜にして開いた。

大御所時代に湧き起こった大衆文化の花がその後も途絶えることなく現代まで咲きつづけているとすれば、大御所時代はまさに近代のはじまりだったといわなければならない。

この時代、大衆俳句の申し子として登場したのが一茶（一七六三－一八二七）だった。一茶は家斉（一七七三－一八四一）のほぼ同時代人。一人は幕府の頂点、一人は庶民の群れに埋もれていたが、ともに同じ時代の同じ空気を吸って生きていた。

芭蕉や蕪村の時代、俳句は古典を知らなければ読むことも詠むこともできなかった。ところが農民の出である一茶には古典の素養などまったくなかった。いいかえれば一茶の俳句は古典を知らなくてもわかる俳句だった。だからこそ一茶は江戸時代半ばに出現した大衆社会の大俳人になりえたのである。

しかしこれまで一茶の俳句は子ども向けの俳句、ひねくれ者の俳句として侮られてきた。もし一茶の俳句を正当に評価し直せば俳句の歴史は一変するだろう。これが小論「新しい一茶」の果たすべき役割である。

では一茶の再評価によって俳句史はどう変わるか。本文に詳しく書いたので、ここでは要点をまとめておきたい。

①芭蕉（一六四四－九四）が古典主義の俳人だったことが明確になる。芭蕉が生きた江戸時代前半は長い内乱で滅んだ古典文化の復興を志したルネッサンスの時代だっ

た。芭蕉はその精神を体現した大俳人だった。芭蕉の俳句、歌仙、『おくのほそ道』に王朝、中世の古典文学がちりばめられているのはこれが理由である。

②蕪村（一七一六－八三）も芭蕉同様、古典主義の俳人である。蕪村の俳句とくに「春風馬堤曲」には近代的な感受性がみられるが、蕪村は古典を下敷きにして俳句を詠み、古典を知らなければ蕪村の俳句は味わえない。

③近代俳句は一茶からはじまる。一茶を起点にして近代俳句の枠組みは立て直されるだろう。そうしないかぎり、文化の大衆化とともに生まれ、大衆化が極まることによって拡散し破綻してゆく近代俳句の全容はみえてこない。

④日本の近代が江戸時代半ばの大御所時代にはじまっていたのなら、これまで近代のはじまりとされてきた明治維新（一八六八）とは何なのか。明治維新は政治の近代化だったといわなければならない。どこの国でも経済、文化にくらべて政治はもっとも保守的であり、遅れて変化する。日本でも経済、文化の近代化より数十年遅れて政治体制が近代化された。それが明治維新だった。明治維新以降、大御所時代にはじまった近代化の手本が西洋に定まった。これが文明開化と呼ばれるものの実態である。

明治政府は新時代を賛美するために「江戸時代はだめな時代で明治時代はいい時

代である」というイメージを作り出した。これによって明治維新を境にしてすべてが変わったかのような時代感覚を生み出した。これをさらに広めたのが『坂の上の雲』をはじめとする司馬遼太郎（一九二三－九六）の小説である。しかし時代の節目をいうなら、明治維新より大御所時代のほうがはるかに大きな節目だった。

⑤明治維新の見直しによって、近代俳句の創始者とされてきた正岡子規（一八六七－一九〇二）は近代俳句の中間点に変わる。子規の最大の仕事は「写生」という西洋絵画の方法を俳句に採り入れたことだが、これは明治政府の西洋化の方針を俳句に応用したものだった。

⑥子規の後継者とされる高浜虚子（一八七四－一九五九）は俳句大衆を束ねる方法の完成者とみなければならない。虚子は「客観写生」、「花鳥諷詠」などの四文字熟語を編み出したが、これは厖大にふくれあがった俳句大衆を束ねるための標語にほかならない。富国強兵から鬼畜米英まで明治以降、政府が次々に作った標語と同様のものだった。いうまでもなく虚子の標語で俳句のすべてが片づくものではない。しかし俳句大衆にこれが俳句のすべてと錯覚させたのが虚子だった。

⑦昭和戦争（一九三七－四五）の敗戦で明治体制が崩壊するとともに戦後、大衆化が極度に進むことによって大衆社会は別のものに変質しつつある。俳句もすでに次の

時代を迎えている。

以上をまとめたのが巻末の年表「日本文化と俳句の歴史」である。

「新しい一茶」でとりあげた一茶の百句は一茶研究者、大谷弘至が選んだ百句をもとに表記を改め、順番を入れ替えたものである。記して感謝の意を表したい。

文庫版あとがき

近代俳人一茶

芭蕉、蕪村、一茶は江戸時代の俳人であり、正岡子規以降を近代俳人とする。これが俳句の歴史の区分けである。

しかし芭蕉、蕪村、一茶を江戸時代の俳人としてくると、芭蕉・蕪村に並べるとどうも一茶の座りが悪い。芭蕉と蕪村は王朝・中世の古典を土台にする古典主義の俳人だったので、読者もまた日本や中国の古典の素養がなければ読み解くのは難しい。『源氏物語』や西行の歌や杜甫の詩を知らなければ手も足も出せない。

ところが一茶の俳句は古典など知らなくても読めばわかる。それは一茶自身、古典の素養が乏しかったからである。一茶は古典に頼らず日常の言葉で俳句を詠まざるをえなかった。芭蕉・蕪村、一茶との間には古典を踏まえるか否かという決定的な溝が横たわる。

　一方、子規以降の近代俳句は古典を踏まえない。古典を知らなくても詠める俳句であり、誰にでもわかる俳句である。ならば一茶は芭蕉・蕪村と切り離して近代俳句の筆頭に位置づけるべきだろう。そのほうがそれぞれの俳人の特徴がよくわかる。

　では、この俳句史のあるべき道理を妨げているのは何か。それは明治維新（一八六八）という日本史の一本の線である。たしかに江戸幕府が幕を下ろして新しい時代がはじまった明治維新を境に日本の姿は大きく改まった。しかしここで立ち止まって冷静に眺めると、明治維新はヨーロッパやアメリカに脅かされて実現した「幕藩体制から中央集権国家へ」という政治体制の変革だった。これまでこの政治体制の近代化を日本全体の近代化の起点とみなしてきたのである。

　しかしながら政治以外の経済、社会、文化などの分野では明治維新より早く江戸時代後半に日本の中で近代化がはじまっていた。それはのちに谷崎潤一郎が名随筆『陰翳礼讃』（一九三三）で「もし東洋に西洋とは全然別箇の、独自の科学文明が発達してゐたならば、どんなにわれ〳〵の社会の有様が今日とは違つたものになつてゐたであらうか」と嘆いた、その日本の内部から沸き起こる独自の近代化がじつは明治維新以前にはじまっていたということである。江戸時代に起こった近代の萌芽は江戸時代

＝封建時代という大雑把なイメージに覆われて見えにくい。しかし江戸時代だろうが近代は近代である。

この日本独自の近代化がいつはじまったかについては分野ごとの細やかな検証が必要だが、いずれにしても天明の大飢饉（一七八二―八八）から徳川家斉の大御所時代（一七八七―一八四二）にかけての時期のどこかになるだろう。

こうしてみると明治維新は経済、社会、文化の近代化に遅れてやっと訪れた政治の近代化だった。この明治維新＝政治の近代化を日本全体の近代の始点とすること自体無理なのであり、歴史区分を実態にそぐわないものにしているのではないか。

江戸時代後半のこの時期、俳句という文学の一隅で古典の素養を必要とせず、誰にでも作れ、誰にでもわかる近代俳句を作りはじめていたのが小林一茶（一七六三―一八二八）だった。一茶を魁とする近代俳句に写生という方法を導入し、人々に広めたのが子規だったということになるだろう。

「新しい一茶」は「池澤夏樹＝個人編集　日本文学全集」12巻（二〇一六）のために書いた一文である。この全集は古典文学については現代語訳を載せているが、一茶の俳句はどれも読むだけでわかるのだから現代語訳は要らない。そこで一茶百句解説の体裁をとりながら、一茶について日頃考えていることを自由に書くことにした。八年近くを経て河出文庫の一冊として出版されることになったのを機に歴史年表「日本文化と俳句の歴史」を更新し、注釈をつけた。文庫化によってより多くの読者に読んでいただけるのは幸いである。

一茶百句の選、年譜に加えて今回文庫版の解説を書いてくれた一茶研究者の大谷弘至さん、河出書房新社の島田和俊さん、新屋敷朋子さんにお礼を申し上げたい。

長谷川櫂

二〇二三年十月十日

解説

大谷弘至

いまなお一茶を嫌う人は多い。

芭蕉、蕪村にくらべると俗に堕ちており、格が低いというのだ。

しかし、本書をご覧になればわかるとおり、そもそも一茶は芭蕉・蕪村とはまったく違う位置にいる俳人である。

一茶は肉親・妻子への愛憎、社会批判、カネを詠んだ。一市民の生活感情を率直な飾らない言葉でまっすぐ句にした。そして本書で長谷川が指摘するように徹底して「我」に執着した。それも生々しい息遣いをもった近代的「我」である。

一茶に対する嫌悪感。

本書をひもとけば、それは人々が一茶のことを誤解していることから生じるものだと思い至るはずだ。すなわち一茶は古典俳諧に連なるものだという大きな誤解である。

一茶に芭蕉の面影を求めても落胆するだけである。なぜなら一茶はわたしたち自身の姿だからである。

もし一茶が芭蕉・蕪村とくらべて格が低いのだとすれば、現代の俳句の格はいよいよ低いということになろう。一茶のことを嫌いだという人にこそ、どうか本書を手にとってほしい。

一茶が亡くなったのは今からおよそ二百年前のこと。

これを遠い昔と感じるか、ついこの前のことと感じるか。

間に明治維新を挟んでいることもあり、どちらとも言い難い、なんとも中途半端な歳月である。

たしかに、その肖像を見れば一茶は江戸の人である。剃り落とした頭に宗匠頭巾を被り、着物に被布を重ね、手には脇杖を添えている。それはまさしく江戸時代の俳諧師の典型的な姿である。

しかし、江戸の人として読むには一茶の作品はあたらしい。

小便の身ぶるひ笑へきり〴〵す　　一茶

夕桜家ある人はとくかへる

古郷（ふるさと）やよるも障（さはる）も茨（ばら）の花

のように「ひねくれ」と揶揄(やゆ)される感情表現は、生身のうらめしい肉声を聞くようであり、

雪とけてくり〳〵したる月よ哉(かな)　一茶
痩蛙(やせがへる)まけるな一茶是(これ)に有(あり)
雀の子そこのけ〳〵御馬が通る

といった童謡的な句からは、昔のことでありながらも、どこか身近ななつかしさを覚えるだろう。しかも、いずれもだれが読んでもわかる言葉で詠まれている。

これらはわれわれが古典に求める高尚で典雅な姿ではない。むしろ現代のわれわれの俳句に近いと感じるはずである。

たしかに一茶は江戸時代の人ではあるが、長谷川の時代区分を借りれば、一茶は近代のはじまりの人なのである。

一茶は多くの現代俳人がそうであるように、古典とは無縁の環境で育ち、庶民の日常感覚で句を詠んだ。その一茶に古典のヴェールを覆いかぶせてしまっては、そのほ

んらいの輝きが解き放たれることはないだろう。

本書は一茶が纏(まと)わされている、ややこしい覆いを剝ぎ取り、そのあるがままをあざやかに解明してくれる。

長谷川が説くように、一茶を近代俳句のはじまりと考えれば、すべては違和感なく受け入れられるはずだ。

たとえば次の句。

木つゝきの死ねとて敲(たた)く柱哉(かな)　一茶

「死ね」などという直截な表現を取った詠み人は一茶以前にはいなかった。長谷川はこの句に対して次の句を引き合いに出す。

うき我をさびしがらせよかんこどり　芭蕉

そして、この句における「うし（憂し）」と「さびし（寂し）」を別次元のものと読み解き、「芭蕉は自分の憂鬱を宇宙的な淋(さび)しさに高めてくれと閑古鳥（郭公(かっこう)）に呼びかける。きわめて芭蕉的な句である」とする。

たしかに「うし（憂し）」は世俗的である。たとえば『源氏物語』でも「咲く花に移るてふ名は包めども折らで過ぎ憂きけさの朝顔」（そこに咲いている花（あなた）に心を移したと言われるのは憚られますが、やはり手折らずに行き過ぎるのはつらい今朝の朝顔の花であるよ）と色恋の一時的な感情をあらわすものとして「うし（憂し）」は詠まれている。

いっぽう「さびし（寂し）」はあたりに何もない、そこにあるべきものがないときに生まれる寂寞とした感情である。この宇宙で深い孤独を感じたときに使う表現である。

この句の「さびし（寂し）」は西行の和歌を踏まえている。「とふ人も思ひ絶えたる山里のさびしさなくば住み憂からまし」（訪ねてくる人もまったくいないこんな山里で、この寂しさがなければ、むしろ住むのがつらいだろう）という一首。「さびし（寂し）」があるからこそ、だれも来ないところに住んでいられるというのである。これこそ隠棲の極みである。

考えてみれば、「かんこどり」の句にかぎらず、芭蕉は「うし（憂し）」を「さびし（寂し）」に高めることで、みずからの俳諧を詩に昇華した。いまだ言語遊戯の域にとどまっていた新興の詩型を自身が敬愛する西行の和歌に肩を並べるものへと高めたのである。

古池や蛙飛こむ水のおと　　　　芭蕉
夏艸や兵共がゆめの跡
閑さや岩にしみ入蟬の声
秋深き隣は何をする人ぞ
清滝や波に散込青松葉

これら代表句はいずれも「さびし（寂し）」に根ざしている。いにしえの西行が感じた「さびし（寂し）」である。

芭蕉はそれを和歌よりもさらに短い俳諧で表現した。それも言葉遊びと侮られていた詩型でみごとに表現してみせたのである。芭蕉が古典文化復興（ルネッサンス）の旗手たるゆえんである。

それに対して一茶の「木つゝき」の句、これはまったく根っこが違う。

「「うし」と「さびし」」の難しい議論も一気に飛び越えて「死んでしまえ」と叩いて

いる。きわめて一茶的な句である」と長谷川が指摘しているとおり、古典的価値観を超越している。

そもそも「死ね」というのは身も蓋もない強烈な表現である。生きている価値さえないというわけである。隠棲どころの話ではない。

一茶は啄木鳥の音を耳にしているわけだが、そこで紫式部のように「うし」と恋を憂うことも、西行のように「さびし」と宇宙の孤独を感じることもない。自分がこの世を生きるに値する人間であるか否か。啄木鳥に厳しく追い詰められていると感じているのである。

その背景にあるのは世間の目である。一茶は世間の厳しい視線を受けながら生きた。

老が身の直ぶみをさるゝけさの春　　一茶

死下手とそしらば誹れ夕巨燵

一句目、老いた自分は世間から値踏みをされる存在だという。労働力として無価値だと見られ、ひいては人間として無価値だと侮られているというのである。一茶は「日の本や金も子をうむ御代の春」と詠んで金が金を生む世の中を皮肉っているが、江戸ではすっかり貨幣経済が浸透し、拝金主義が横行したことで、カネを生みださない者は人間として価値がないとみなされる社会になっていたわけである。

二句目、一茶は五十八歳のとき、脳卒中で倒れるが、無事に回復する。そんな一茶の姿を見て、だれかが「死に下手」と揶揄したのだ。それに対して一茶は「そしらば誹れ」と炬燵のなかで開き直って平気でいるのである。

十五歳で江戸へ奉公に出されてから五十歳で故郷に帰住するまで、一茶は貧しい都会暮らしを強いられた。

ときにお江戸は大御所時代。経済至上主義全盛の世である。幕府は公共事業のバラマキ政策をとり、経済界ではのちに財閥となる鴻池、三井、住友がすでに重きをなし、十八大通(じゅうはちだいつう)とよばれる富裕層が派手に大金を使って遊ぶことで名を馳せ、大衆の羨望を集めていた。

そうした世の中では貧しいということは美徳とはされなかった。花のお江戸ではカネがなければ武士でさえ蔑まれた。なんなら士分さえもカネで買うことができた。露骨な拝金主義の世の中である。

まして寄る辺ない身の一茶は世間の冷ややかな視線を日々浴びて暮らしてきた。その視線に耐えることが、一茶の日常だったのである。

従来の古典の延長線上では一茶が日常のうちに抱える「うし」も「さびし」も表現することはできなかったはずである。それだけ江戸の経済と社会は近代的（大衆的）で複雑なものになっていた。

こうした背景から生まれた「木つゝき」の句であるが、その生々しい感情の吐露は現代にあっても新鮮に響く。

わたしがこの句を読んで思い出すのは、八木重吉（やぎじゅうきち）の詩である。

「風が鳴る」

とうもろこしに風が鳴る
死ねよと　鳴る
死ねよとなる
死んでゆこうとおもう

八木重吉『貧しき信徒』

八木重吉は明治三十一（一八九八）年、一茶が亡くなってからおよそ七十年後に生まれた。れっきとした近代人である。英語教師を務めるが、二十九歳の若さで結核により没した。生前は貧しく、詩人としての評価を得たのは死後のことである。

啄木鳥が木を叩く音に「死ね」という声を聴いた一茶。

とうもろこしのさやぎに「死ね」という声を聴いた重吉。

おなじ「死ね」という言葉であっても、一茶と重吉ではその背景に違いはあるものの、このように並べてみると、一茶の感覚は芭蕉などよりも、よほど近代人の重吉に近いと感じられはしないだろうか。

古典から離れている一茶の強みはここにある。そして一茶が近代のはじまりであることの証しの一つとなりうるのである。

本書で長谷川が提示する時代区分は鮮やかである。

芭蕉・蕪村を古典文化復興期の俳人と位置づけ、一茶を近代のはじまり、そして正岡子規を西洋化の第一世代ととらえる。

この大胆かつ精巧に組み直された俳句史（文化史）は今後、俳句を探求する者に多くの恩恵をもたらし、あらたな軌範となっていくことだろう。

（俳人）

小林一茶年譜

一七六三（宝暦一三）年　五月五日（九月四日とも）、信濃国柏原村（現在の上水内郡信濃町柏原）に農家の長男として生まれる。本名弥太郎。父は弥五兵衛、母はくに。柏原は北国街道の宿場町として新たに開発された土地。小林家は菩提寺である明専寺の移転に伴い、三河国から一六三六（寛永一三）年に移住。代々、敬虔な浄土真宗の門徒であった。

一七六五（明和二）年　三歳／八月、母・くに死去（享年未詳）。

一七七〇（明和七）年　八歳／継母・はつ（一名さつ）が来る。

一七七二（明和九／安永元）年　一〇歳／五月、異母弟・仙六（専六）誕生。継子いじめが始まる。

一七七六（安永五）年　一四歳／八月、祖母かな死去（享年六六歳）。一茶にとって家庭内で唯一の味方であった。

一七七七（安永六）年　一五歳／春、江戸へ奉公に出される。当時の封建的家族制度において、長男が家を出されることは極めて異例であった。奉公先は諸説あるが不明。以後十年間、空白。

一七八七（天明七）年　二五歳／江戸で俳諧師を志す。山口素堂を祖とする葛飾派に所属。領袖の溝口素丸の内弟子となる。ほかに同門の小林竹阿、森田元夢に師事。春、葛飾派の撰集『真左古』が刊行、現存最古の一茶の句がみえる。

一七八九（天明九／寛政元）年　二七歳／みちのく行脚に出る。芭蕉の『おくのほそ道』をたどる修行の旅であった。

一七九〇（寛政二）年　二八歳／三月、師・竹阿死去（享年八一歳）。亡師の庵号、「二六庵」を一茶が継ぐことで話が進む。一人前の俳諧師として葛飾派内外に認められたことを意味した。

一七九一（寛政三）年　二九歳／四月、初めて帰郷する。この時のことをのちに『寛政三年紀行』にまとめる。

一七九二（寛政四）年　三〇歳／三月、西国行脚へ出立。足掛け七年、関西、四国を中心に肥後にまでおよぶ旅であった。大坂の大伴大江丸、伊予の栗田樗堂ら当時一流の俳諧師と交わる。のちに『西国紀行』にまとめる。

一七九五（寛政七）年　三三歳／七月、師・溝口素丸死去（享年八三歳）。加藤野逸が葛飾派を継ぐ。冬、処女撰集『たびしうゐ』刊行。

一七九八（寛政一〇）年　三六歳／二月、西国の旅の締めくくりとして撰集『さらば笠』刊行。六月、関西を発つ。一旦帰郷ののち、九月には江戸へ戻る。

一七九九（寛政一一）年　三七歳／この年、正式に「二六庵」継承か。しかし二年後には庵号の使用をやめる。葛飾派内で問題を起こしたためといわれるが真偽不明。

一八〇〇（寛政一二）年　三八歳／七月、師・元夢死去（享年未詳）。葛飾派入門以来の師をすべて失う。関西で発行された俳人番付で前頭に格付される。

一八〇一（寛政一三／享和元）年　三九歳／四月、帰郷中、父が傷寒（腸チフス）を発病、翌月死去（享年六五歳）。一茶は父の遺言どおり、遺産の分割相続を望んだが、継母と弟の抵抗にあい、遺産相続争いが始まる。話し合いはまとまらず、九月頃、江戸へ戻る。一連の出来事を『父の終焉日記』にまとめる。

一八〇二（享和二）年　四〇歳／『享和二年句日記』執筆。この年より夏目成美との親密な交流が始まる。

一八〇三（享和三）年　四一歳／この年より房総地方への旅が頻繁になる。門弟の指導や勢力拡大が目的であった。四月より一二月まで、『享和句帖』執筆。

一八〇四（享和四／文化元）年　四二歳／一月、『文化句帖』執筆開始。一八〇八（文化五）年五月まで続く。この年より「一茶園月並」を発行開始。今日の結社誌のようなもの。以後、二、三年にわたって定期的に発行されたものとみられる。

一八〇七（文化四）年　四五歳／一月、葛飾派のまとめ役であった野逸が死去（享年八五歳）。次第に葛飾派と疎遠になる。七月、父の七回忌法要のため帰郷。一一月、遺産分割協議のために再度帰郷も進展せず。

一八〇八（文化五）年　四六歳／一一月、遺産分割協議、一旦まとまるも決裂。一茶が賠償金を要求したため。この頃、信州大俣村（長野県中野市）の高井大富神社の俳額の選者を依頼される。信州においても知名度が高まりつつあった。

一八〇九（文化六）年　四七歳／五月、帰郷。遺産分割協議を一から再開するも決裂。この間、信州（小布施町、高山村等）に門弟を増やす。『文化六年句日記』執筆。

一八一〇（文化七）年　四八歳／一月、『七番日記』執筆開始。一八一八（文政元）年末まで。五月、遺産分割協議のため帰郷も決裂。信州の門弟を巡回指導。一一月、夏目成美宅で金子紛失事件が起こり、一茶も五日間禁足にあう。

一八一一（文化八）年　四九歳／俳人番付「正風俳諧名家角力組」で東方前頭五枚目に格付される。江戸在住俳人としては三番目の高位。『我春集』を執筆。

一八一二（文化九）年　五〇歳／一一月、帰郷。江戸を引き払い、柏原に家を借りる。『株番』を執筆。

一八一三（文化一〇）年　五一歳／一月、一茶の要望が通り、遺産相続争いが決着する。『志多良』執筆。

一八一四（文化一一）年　五二歳／二月、借家から生家へ移る。四月、きく（二八歳）と結婚。母方の遠縁にあたる。一一月、江戸俳壇引退を記念して撰集『三韓人』刊行。

一八一六（文化一三）年　五四歳／四月、長男・千太郎誕生も翌月には死去。一〇月、『あとまつり』刊行（一茶代編）。

一八一七（文化一四）年　五五歳／一二月、『正風俳諧芭蕉葉ぶね』刊行（田川鳳朗著、一茶校合）。

一八一八（文化一五／文政元）年　五六歳／五月、長女・さと誕生。この年より『だん袋』執筆開始。一八二三（文政六）年まで。

一八一九（文政二）年　五七歳／六月、長女・さと死去。『八番日記』執筆開始。一八二一（文政四）年まで。

一八二〇（文政三）年　五八歳／一〇月、次男・石太郎誕生。同月、雪道で転倒。脳卒中に罹る。半身不随になるも自家療法により治癒。この年、『おらが春』執筆か。

一八二一（文政四）年　五九歳／一月、石太郎死去。妻きくの不注意による。「石太郎を悼む」を執筆。俳人番付「誹諧士角力番組」で別格の差添に格付される。当代一流の高評価。

一八二二（文政五）年　六〇歳／三月、三男・金三郎誕生。『文政句帖』執筆開始。一八二五（文政八）年まで。『まん六の春』執筆。

一八二三（文政六）年　六一歳／五月、妻きく死去（享年三七歳）。一二月、三男・金三郎死去。俳人番付「諸国流行俳諧行脚評定／為御覧俳諧大角力」に別格最高位の行司で格付される。

一八二四（文政七）年　六二歳／五月、飯山藩士の娘ゆき（三七歳）と再婚するも八月に離婚。閏八月、脳卒中再発。言語障害に。

一八二五（文政八）年　六三歳／竹駕籠にのって信州の門弟を巡回指導。

一八二六（文政九）年　六四歳／八月、越後出身のやを（三二歳）と再々婚。倉吉（二歳）という男子連れであった。この年、門弟住田素鏡のために撰集『たねおろし』を代編、刊行。

一八二七（文政一〇）年　六五歳／閏六月、柏原大火に遭う。母屋を失い土蔵暮らしを強いられる。一一月一九日、死去。

一八二八（文政一一）年　四月、娘やた誕生。

一八二九（文政一二）年　門人らの手により『一茶発句集』刊行。

一八四八（弘化五／嘉永元）年　『俳諧一茶発句集』（今井墨芳編、高梨一具序）刊行。

一八五二（嘉永五）年　句文集『おらが春』（白井一之編）刊行。

作成／大谷弘至（俳人）

◎日本文化と俳句の歴史

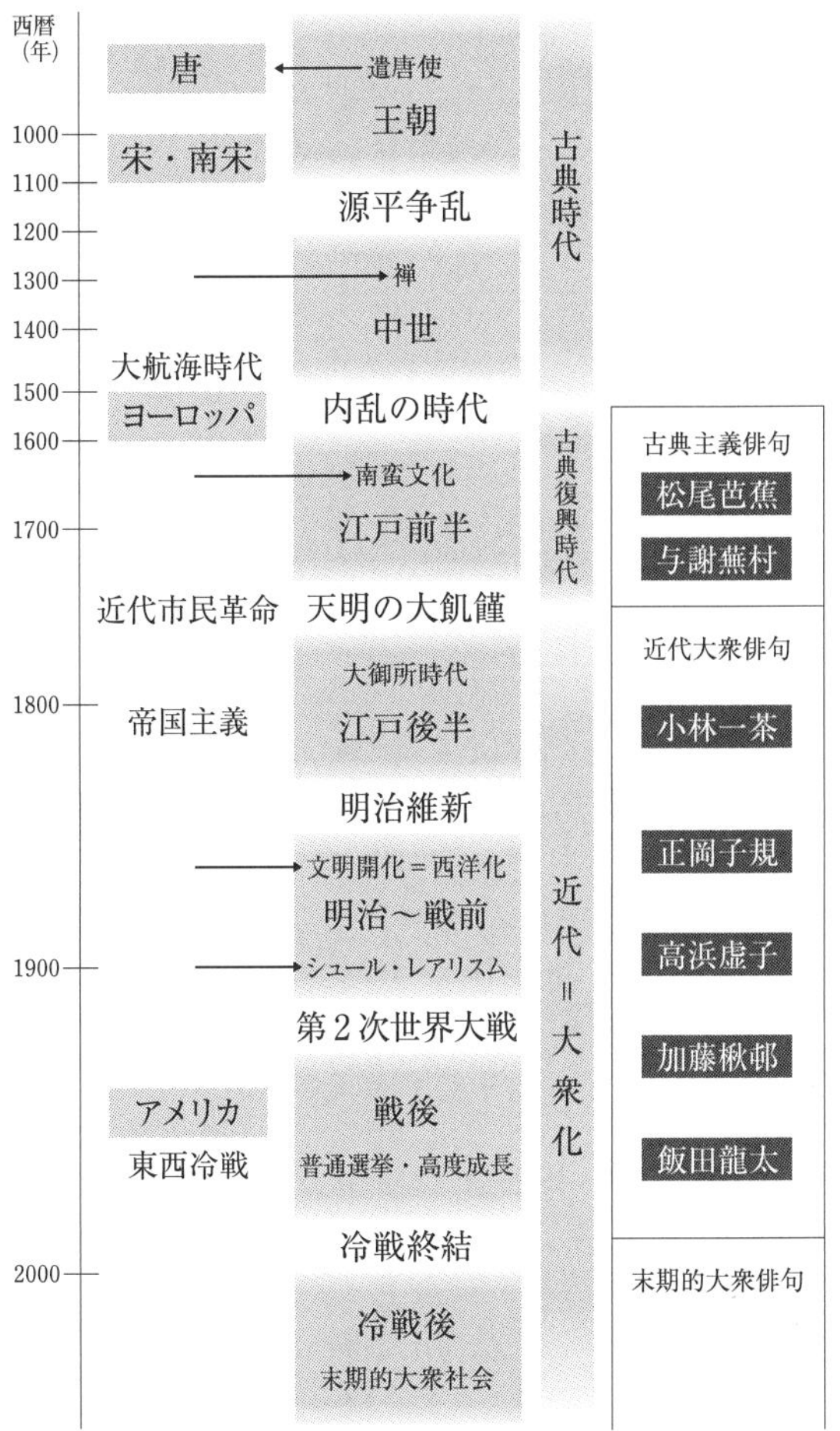
西暦
(年)
1000
1100
1200
1300
1400
1500
1600
1700
1800
1900
2000
唐
宋・南宋
大航海時代
ヨーロッパ
近代市民革命
帝国主義
アメリカ
東西冷戦
遣唐使
王朝
源平争乱
禅
中世
内乱の時代
南蛮文化
江戸前半
天明の大飢饉
大御所時代
江戸後半
明治維新
文明開化＝西洋化
明治〜戦前
シュール・レアリスム
第２次世界大戦
戦後
普通選挙・高度成長
冷戦終結
冷戦後
末期的大衆社会
古典時代
古典復興時代
近代＝大衆化
古典主義俳句
松尾芭蕉
与謝蕪村
近代大衆俳句
小林一茶
正岡子規
高浜虚子
加藤楸邨
飯田龍太
末期的大衆俳句

【注】 日本文化はそれぞれの時代に海の向こうから押し寄せてきた外国文化を受け入れ、作り変えることによって生まれた。この「受容→選択→変容」を繰り返す運動体こそ日本文化の原動力である。

この図版はこうして変容を繰り返してきた日本文化と俳句の流れを俯瞰して表したものである。左から西暦、日本に影響を与えた外国文化、日本の時代区分、文化の流れ、そして右にはそれぞれの時代と文化を代表する俳人を並べた。「源平争乱」「内乱の時代」など時代区分の境にあるのは時代の転換となったできごとである。

重要な点について解説しておきたい。

①王朝と中世が日本の古典時代であり、古典時代の文化が日本の古典文化である。このうち王朝文化は豊満華麗な中国唐の文化の影響のもとに成立した。王朝文化を代表する詩歌選集は『万葉集』と『古今和歌集』である。

②次の中世文化は王朝文化が中国宋・南宋の枯淡の文化の影響を浴びて誕生した。宋・南宋の文化のうち日本文化にとってもっとも深い影響を与えたのは禅の思想である。『新古今和歌集』は禅の影響下に王朝和歌への批評として誕生した。その後、和歌はさらに禅の影響によって連歌、連句、俳句へと短縮化の道を進むことになる。

③江戸時代は一色ではない。前半は内乱によって壊滅的な打撃を受けた王朝・中世の古典文化の復興(ルネッサンス)の時代だった。この時代の代表的な俳人はまず芭蕉であり、次に蕪村である。

④天明の大飢饉(一七八二-一八八)を境にして江戸時代後半は十一代将軍徳川家斉の大御所時代(一七八七-一八四一)に貨幣経済が普及したために経済、社会、文化の大衆化が一挙に進み、明治維新を待たず近代がすでにはじまっていた。この時代に出現した大衆俳句の申し子が一茶だった。

⑤明治維新（一八六八）は日本全体の近代のはじまりではなく、社会、経済、文化に遅れをとった政治の近代のはじまりだった。同時にそれは明治新政府が国全体で推進した文明開化政策、西洋化のはじまりでもあった。家斉の大御所時代にはじまっていた日本の近代化の目標が明治維新によって西洋化に定まったことになる。

⑥明治維新以降、日本文化は昭和の戦争（一九三七－四五）以前はヨーロッパ文化、以後はアメリカ文化の影響を受けながら展開をつづけてきた。この時代、一茶の大衆俳句の流れを継いだのが正岡子規、さらに高浜虚子だった。

（長谷川櫂）

本書は、二〇一六年六月に小社から刊行された『松尾芭蕉　おくのほそ道／与謝蕪村／小林一茶／とくとく歌仙』（池澤夏樹＝個人編集　日本文学全集12）より、「小林一茶」を収録しました。文庫化にあたり、一部加筆修正し、書き下ろしのあとがきと解説を加えました。

小林一茶（こばやしいっさ）

二〇二四年 一 月一〇日 初版印刷
二〇二四年 一 月二〇日 初版発行

著 者 長谷川櫂（はせがわかい）
発行者 小野寺優
発行所 株式会社河出書房新社
〒一五一－〇〇五一
東京都渋谷区千駄ヶ谷二－三二－二
電話〇三－三四〇四－八六一一（編集）
〇三－三四〇四－一二〇一（営業）
https://www.kawade.co.jp/

ロゴ・表紙デザイン 粟津潔
本文フォーマット 佐々木暁
本文組版 KAWADE DTP WORKS
印刷・製本 中央精版印刷株式会社

Printed in Japan ISBN978-4-309-42075-2

河出文庫　古典新訳コレクション

古事記　池澤夏樹［訳］
百人一首　小池昌代［訳］
竹取物語　森見登美彦［訳］
伊勢物語　川上弘美［訳］
源氏物語1～8　角田光代［訳］
堤中納言物語　中島京子［訳］
土左日記　堀江敏幸［訳］
枕草子1・2　酒井順子［訳］
更級日記　江國香織［訳］
平家物語1～4　古川日出男［訳］
日本霊異記・発心集　伊藤比呂美［訳］
宇治拾遺物語　町田康［訳］
方丈記・徒然草　高橋源一郎・内田樹［訳］
能・狂言　岡田利規［訳］
好色一代男　島田雅彦［訳］
雨月物語　円城塔［訳］
通言総籬　いとうせいこう［訳］
春色梅児誉美　島本理生［訳］
曾根崎心中　いとうせいこう［訳］
女殺油地獄　桜庭一樹［訳］
菅原伝授手習鑑　三浦しをん［訳］
義経千本桜　いしいしんじ［訳］
仮名手本忠臣蔵　松井今朝子［訳］
松尾芭蕉　おくのほそ道　松浦寿輝［選・訳］
与謝蕪村　辻原登［選］
小林一茶　長谷川櫂
近現代詩　池澤夏樹［選］
近現代短歌　穂村弘［選］
近現代俳句　小澤實［選］

＊以後続巻
＊内容は変更する場合もあります

平家物語　1

古川日出男〔訳〕　41998-5

混迷を深める政治、相次ぐ災害、そして戦争へ――。栄華を極める平清盛を中心に展開する諸行無常のエンターテインメント巨篇を、圧倒的な語りで完全新訳。文庫オリジナル「後白河抄」収録。

平家物語　2

古川日出男〔訳〕　42018-9

さらなる権勢を誇る平家一門だが、ついに合戦の火蓋が切られる。源平の強者や悪僧たちが入り乱れる橋合戦を皮切りに、福原遷都、富士川の遁走、奈良炎上、清盛入道の死去……。そして、木曾に義仲が立つ。

平家物語　3

古川日出男〔訳〕　42068-4

平家は都を落ち果て西へさすらい、京には源氏の白旗が満ちる。しかし木曾義仲もまた義経に追われ、最期を迎える。宇治川先陣、ひよどり越え……盛者必衰の物語はいよいよ佳境を迎える。

源氏物語　1

角田光代〔訳〕　41997-8

日本文学最大の傑作を、小説としての魅力を余すことなく現代に甦えらせた角田源氏。輝く皇子として誕生した光源氏が、数多くの恋と波瀾に満ちた運命に動かされてゆく。「桐壺」から「末摘花」までを収録。

源氏物語　2

角田光代〔訳〕　42012-7

小説として鮮やかに甦った、角田源氏。藤壺は光源氏との不義の子を出産し、正妻・葵の上は六条御息所の生霊で命を落とす。朧月夜との情事、紫の上との契り……。「紅葉賀」から「明石」までを収録。

源氏物語　3

角田光代〔訳〕　42067-7

須磨・明石から京に戻った光源氏は勢力を取り戻し、栄華の頂点へ上ってゆく。藤壺の宮との不義の子が冷泉帝となり、明石の女君が女の子を出産し、上洛。六条院が落成する。「澪標」から「玉鬘」までを収録

古事記

池澤夏樹〔訳〕 41996-1

世界の創成と、神々の誕生から国の形ができるまでを描いた最初の日本文学、古事記。神話、歌謡と系譜からなるこの作品を、斬新な訳と画期的な註釈で読ませる工夫をし、大好評の池澤古事記、ついに文庫化。

伊勢物語

川上弘美〔訳〕 41999-2

和歌の名手として名高い在原業平（と思われる「男」）を主人公に、恋と友情、別離、人生が描かれる名作『伊勢物語』。作家・川上弘美による新訳で、125段の恋物語が現代に蘇る！

更級日記

江國香織〔訳〕 42019-6

菅原孝標女の名作「更級日記」が江國香織の軽やかな訳で甦る！東国・上総で源氏物語に憧れて育った少女が上京し、宮仕えと結婚を経て晩年は寂寥感の中、仏教に帰依してゆく。読み継がれる傑作日記文学。

好色一代男

島田雅彦〔訳〕 42014-1

生涯で戯れた女性は三七四二人、男性は七二五人。伝説の色好み・世之介の一生を描いた、井原西鶴「好色一代男」。破天荒な男たちの物語が、島田雅彦の現代語訳によってよみがえる！

百人一首

小池昌代〔訳〕 42023-3

恋に歓び、別れを嘆き、花鳥風月を愛で、人生の無常を憂う……歌人百人の秀歌を一首ずつ選び編まれた「百人一首」。小池昌代による現代詩訳と鑑賞で、今、新たに、百人の「言葉」と「心」を味わう。

仮名手本忠臣蔵

松井今朝子〔訳〕 42069-1

赤穂浪士ドラマの原点であり、大星由良之助（＝大石内蔵助）の忠義やお軽勘平の悲恋などでおなじみの浄瑠璃、忠臣蔵。文楽や歌舞伎で上演され続けている名作を松井今朝子の全訳で贈る、決定版現代語訳。

著訳者名の後の数字はISBNコードです。頭に「978-4-309」を付け、お近くの書店にてご注文下さい。